「おまえが出した淫水で、わしの力は元に戻る。

そやから、じっとしとけ」

「い、いんすいって……？」

「おまえの、精液や」

え、と思わず声をあげた次の瞬間、
颯は穂高の下半身に顔を伏せた。

山神様のお嫁さま

# 山神様のお嫁さま

久我有加

19693

角川ルビー文庫

# 目次

口絵・本文イラスト／金ひかる

# 山神様のお嫁さま

日はまだ高いのに、山の中は薄暗《うすぐら》かった。生《お》い茂《しげ》る木々の葉が、肌《はだ》を突《つ》き刺《さ》さんばかりのきつい日差しを遮《さえぎ》っているせいで、空気はひんやりとしている。

とはいえ季節は真夏だ。道なき道を歩き続けていると、汗《あせ》が噴《ふ》き出してくる。

見崎穂高《みさきほだか》は首にかけたタオルで額を拭《ぬぐ》い、緑の香《かお》りが溶《と》け込んだ空気を深く吸い込んだ。

ああ、気持ちいいな。

我知らず頰《ほお》が緩《ゆる》む。絶え間なく降り注ぐ蟬《せみ》の声と、その合間に聞こえる鳥の囀《さえず》り、そして近くを流れる清流の音が耳に心地好《ここちよ》い。

子供の頃《ころ》、ゴールデンウィークや夏休みになると、祖父と共にこの道を歩いた。祖父が亡《な》くなった後は祖母と来た。山奥にある祖父母の家には他《ほか》にも複数の従兄弟《いとこ》たちが遊びに来ていたが、山道は疲《つか》れると言ってついてこなかった。中学に上がる頃には従兄弟たちは遊びに来ることすらなくなり、穂高一人が祖父母の家へ行くようになった。そのときも祖父母に同行した。

穂高は嫌《いや》やないんか？　と祖父に尋《たず》ねられたことがある。

全然嫌じゃないよ。山の中気持ちいいもん。

そう言うと、祖父はごつごつとした、しかし温かい手で優《やさ》しく頭を撫《な》でてくれた。

祖父《じい》ちゃんが死んで四年、祖母《ばあ》ちゃんが死んで三年経《た》つのか……。

こうして歩いていると、すぐ傍《そば》を祖父母が歩いている気がしてくる。祖父母が亡くなってからも夏休みに訪《おとず》れて山を登るのは、この感覚を味わいたいからだ。もっとも、大学受験を控《ひか》えていた昨年は、夏期講習が忙《いそが》しくて来ることができなかったのだが。

祖父ちゃん、祖母ちゃん、今年はちゃんと来ました。

掃除《そうじ》道具の他に、おむすびもちゃんと持ってきたから。

大好きだった祖父母に、心の内で語りかける。

山を登るとき、祖父母の背中にくくりつけられた風呂敷《ふろしき》には大きなおむすびが四つと、小ぶりのおむすびが二つ入っていた。今、穂高が背負っているリュックサックにも同じ物が入っている。祖父母が作っていたのを真似《まね》た、海苔《のり》も巻いていない、具も入っていない、塩も使っていない、ただ白米を握《にぎ》っただけのおむすびだ。もう少し登ったところにある、ごく古い祠《ほこら》へのお供え物である。

祖父母の家にも、この神様を祀《まつ》った立派な神棚《かみだな》がある。祖父母は毎日神棚におむすびをお供えするだけでなく、山の奥深くにある祠にも、週に一度はお参りしていた。穂高はそのお参りについて行っていたわけだ。

ここまで来るのに三十分はかかっているが、疲れは感じない。子供の足には辛《つら》い山道のはずなのに、当時もそれほど大変だとは思わなかった。

山神様が見守ってくれてはるからやで、と祖母は言った。山神様も、穂高に会いたい思てくれてはるんや。

素直《すなお》に嬉《うれ》しかった。大きくなってからも、祖母の言葉を疑ったことはない。なにしろ祠が近付くにつれ、空気が澄《す》んでいく気がするのだ。息をするだけで体内の汚《よご》れが濯《そそ》がれるような清々《すがすが》しい感覚は、他の場所では感じたことがない。

登り始めたときとほとんど変わらない歩調で足を進めると、巨大《きょだい》な木が見えてきた。四方に枝を伸《の》ばし、無数の葉を茂らせた巨木《きょぼく》の向こう側に祠がある。

思わずほっと息をついた穂高は、木の根元に何かが丸まっていることに気付いた。

この山にはたくさんの獣《けもの》が棲《す》んでいる。穂高自身、鹿《しか》や猪《いのしし》、狸《たぬき》などを見かけたことがある。向こうから近付いてくることも襲《おそ》われることもなく、いつも気が付くといなくなっていた。

しかし穂高が近付いても、その塊《かたまり》は去ろうとしない。じっとうずくまったままだ。

どうしたんだろう、怪我《けが》でもしてるんだろうか。

少し道をそれて獣に歩み寄る。近くで見ると案外大きかった。毛色は黒に近いこげ茶色だ。顔はほっそりしていて精悍《せいかん》な印象である。

狼《おおかみ》……？

――そんなわけないか。

日本狼はとうの昔に絶滅《ぜつめつ》している。きっと野犬だろう。

「おい、どうした。大丈夫《だいじょうぶ》か？」

しゃがみ込んだ穂高は、脅《おど》かさないようにそっと声をかけた。

ぴく、と耳が動く。聞こえてはいるらしい。

遠慮《えんりょ》がちに頭に手を伸ばすと、犬は嫌がるようにふいと横を向いた。いきなり頭はだめだったかと、背中を撫でてみる。ぴく、とまた耳が動いたが、今度は避《よ》けなかった。うなったり牙《きば》をむいたりもしない。うっすらと目が開き、木漏《こも》れ日を受けた瞳《ひとみ》が金色に輝《かがや》く。

わ、凄《すご》くきれいだ。

尚《なお》も撫で続けると、ぴすぴすと鼻が鳴り、ふさふさの尻尾《しっぽ》が緩やかに揺《ゆ》れた。

嬉しげな様子に、思わず笑《え》みが漏れる。もとは人に飼われていたのかもしれない。

「何もしないからな、怪我してるか見るだけだから」

声をかけながら犬を抱《だ》き上げる。ズシリと重い。獣がおとなしくしているのをいいことに、穂高は脚《あし》や腹を注意深く見てみた。血はついていないし、何より痛がる素振《そぶ》りがない。

「内臓が悪いのかな……」

慎重《しんちょう》に根元に下ろしつつつぶやく。

すると、犬はのそりと立ち上がった。そして穂高が背負っているリュックサックに鼻先を押しつけてくる。先ほどよりも力強く尻尾が揺れている。

「なんだ、急に元気になったな。あ、もしかしてお腹《なか》が減ってるのか?」

リュックの中のおむすびが目当てらしいと気付いて問うと、そうだ、とでも言うようにふりふりと尻尾が揺れた。

山にいる動物を助けるためだったら、お供えをあげても山神様は許してくれるだろう。

でも犬って、おむすび食べても大丈夫だっけ？

首を傾《かし》げつつリュックを下ろす。犬を飼ったことがないからわからない。

まあでもただ白米を握っただけで、調味料は全然使ってないから大丈夫か。

おむすびを詰《つ》めた大きな弁当箱を取り出した瞬間、犬が勢いよく飛びついてきた。

「わっ、びっくりした。今あげるからちょっと待って」

なんとか体勢を保って蓋《ふた》を開ける。すぐに顔を突っ込むかと思ったが、犬は穂高の腕《うで》に前脚をかけたままおとなしく待っていた。まるで「待て」をしているようだ。

「いいコだな。はい、どうぞ」

真っ白なおむすびを取り出し、蓋に載《の》せて地面に置いてやると、犬は待ちかねたように食べ始めた。よほど腹が減っていたのか、あっという間にひとつ食べてしまう。

ぴすぴすと鼻を鳴らしながら見上げられ、穂高は笑った。

「もっと食べたいのか？」

うんうんと頷《うなず》く仕種《しぐさ》に、また笑ってしまう。野性的で精悍な容姿だが、案外可愛《かわい》らしい。

「わかった、全部あげるよ。山神様には明日《あした》、また持ってくるし」

残りのおむすびを全部蓋に載せてやると、犬は再び食べ始めた。夢中になっているのがよくわかる、勢いのある食べっぷりだ。具合が悪いわけではなく、単に腹が減っていたらしい。

「それ、美味《おい》しいだろ。家の裏の湧《わ》き水で炊《た》いたんだ。水が美味しいと米も美味しくなるよな」

おむすびを食べながら、くぅ、と犬は喉《のど》を鳴らす。

同意してもらった気がして、穂高は自然と笑顔になった。穂高の趣味《しゅみ》は料理である。料理そのものが好きなのはもちろんだが、人にご馳走《ちそう》するのが好きだ。相手が動物であれ人であれ、自分が作ったものを美味しそうに食べてもらえるのは嬉しい。

穂高は犬の背中をそっと撫でた。

「おまえ、そんなにお腹減らしてるってことは、山で狩《か》りができてないんだろ」

きっと山に捨てられ、ここへ迷い込んだのだろう。

「とりあえず祖父ちゃんちにおいで。その後は僕と一緒《いっしょ》にうちに帰ろう。ここよりは都会だけど、田んぼとか畑もある田舎《いなか》だから住み心地は悪くないと思うぞ。僕と一緒に毎日散歩に行こうな。たまにはドッグランにも行こう」

想像するだけで楽しそうで、穂高はニコニコと笑いながら犬に話しかけた。

本当は犬を飼ってみたかったが、両親が共働きで忙しかったこともあり、犬に限らず動物を飼ったことがない。実家から大学に通っている今なら、穂高が世話をしてやれる。

「あ、その前に名前つけなきゃな。おまえにはカッコイイ名前が似合いそうだなあ」

今度は反応がなかった。犬ははぐはぐとおむすびを食べている。

ま、いいか。名前は後でゆっくり決めよう。

穂高は犬の背中を撫でてから立ち上がった。

「お参りしてくるから、ちょっとここで待ってて。終わったら一緒に帰ろうな」

リュックを背負い直し、犬をその場に残して祠へ向かう。

地面にはりめぐらされた根を乗り越《こ》えた先に、小さな祠が佇《たたず》んでいた。木でできた社は苔《こけ》むし、古びているものの、一昨年《おととし》に来たときと変わらずしっかりと立っている。

思わずほっと息をついた穂高は、祠の正面に腰《こし》を下ろした。かぶっていた帽子《ぼうし》をとり、手を合わせる。

「去年は来れなくてすみませんでした。無事に第一希望の農学部の森林科学科に合格できました。ありがとうございました」

目を閉じてつぶやく。子供の頃《ころ》から、この祠に願をかけたことはない。ただ見守ってくださいとお願いした。

「あ、おむすびなんですけど、お腹を空《す》かせてる犬がいたから全部あげてしまいました。すみません。山神様の分は明日持ってきますから、待っててください。掃除も明日します」

目を閉じたまま頭を下げると、ひんやりとした快い風が吹《ふ》いた。

ゆっくり瞼《まぶた》を持ち上げる。祠は何ひとつ変わらずそこにあった。

なんか、待ってるぞって返事してもらえたみたいだった。

ペコリと頭を下げて立ち上がる。そして再び根を乗り越え、犬がいたところを目指した。

「待たせてごめん」

巨木から顔を覗《のぞ》かせると、そこに犬はいなかった。

真夏の濃い緑の中、弁当箱と蓋の白がぽつぽつと浮《う》かびあがっている。

「おーい、どこ行った。一緒に帰ろうよ！」

自分の声がわんわんと辺りに響《ひび》いたが、獣の気配はなかった。

「一人で大丈夫なのかな……」

一人、という言い方に、自分で笑ってしまった。

仕種といい反応といい、どことなく人間くさかったから、そんな言葉が出たのだろう。

「明日もおむすび持ってくるから、またここにおいで！」

弁当箱を片付けた後、もう一度声を張る。

やはり反応はなかったが、どこかで聞いているような気がした。


父方の祖父母の家は、山あいにある集落から更《さら》に山の奥へと入った場所にある。周囲に民家はなく、隣《となり》の家まで数百メートルといったところだ。

集落自体、住んでいるのは二、三人で、しかも高齢者《こうれいしゃ》ばかりである。穂高の父親を含《ふく》め、若い世代は皆《みな》、便利な都市へ出て行ってしまった。典型的な限界集落だ。

穂高の実家から祖父母の家までは、車で約六時間かかる。去年、来られなかったのは受験勉強が忙《いそが》しかったのもあるが、送ってくれるはずだった父が急な出張で出かけてしまったせいもあった。まだ車の免許《めんきょ》を持っていなかったので、駅からとんでもない距離《きょり》にある祖父母の家まで行くことができなかったのだ。

今年は便利屋に勤める従兄《いとこ》が長い休みがとれたとかで、一緒に来る予定だった。祖母が亡《な》くなって三年、そろそろ遺品を整理しようということになり、仕事で遺品整理の経験がある従兄に白羽の矢が立ったのだ。その手伝いとして選ばれたのが穂高である。

共働きの両親の下《もと》で育った穂高は、料理だけでなく掃除《そうじ》や洗濯《せんたく》といった家事全般《ぜんぱん》が得意だ。遺品整理の手伝いや下回りにはうってつけだったのだろう。

ちなみに他《ほか》の従兄弟《いとこ》たちは全員、同行を拒否《きょひ》したそうだ。いわく、タカちゃん――穂高の幼い頃からの呼び名だ――のご飯を毎日食べられるとしても、こき使われるのは嫌《いや》だし、ケータイ圏外《けんがい》でコンビニもスーパーもないところじゃ一日も生きていけない。

しかし出発の三日前、従兄が自転車で転んで足を骨折してしまった。

一人で行って、いつもみたいに掃除だけしてくると言うと、両親と伯母《おば》、伯父《おじ》、そして従兄弟たちは眉《まゆ》をひそめた。

あんなとこに何日も一人で泊《と》まるの、怖《こわ》くないか？

祖父母の家は鬱蒼《うっそう》と茂《しげ》る緑の中にある、いわゆる古民家だ。築百年は確実に経《た》っている。茅《かや》葺《ぶき》の屋根は葺《ふ》き替《か》えができる職人が近隣では見つからず、人手もないという理由で失われてしまったが、広い土間や囲炉裏《いろり》のある板の間などはそのまま残っている。

熊《くま》が出たって情報も聞かないし、あの家には山神様がいてくれるから全然怖くないよ。それが怖いんだろうが！　と従兄弟連中に一斉《いっせい》にツッこまれた。

山神様は一番奥にある小さな部屋に祀《まつ》られている。ほとんど日が入らないこともあり、部屋の空気はいつもひんやりとしていた。ご神体は棒状の木で、先端《せんたん》が二つに割れており、細長いピースサインのようにも見える。従兄弟たちにはそうした部屋の空気も、変わった形のご神体も不気味に感じられるらしい。生まれ育った家であるにもかかわらず、父も伯母も伯父も山神様の部屋が苦手のようで、苦笑いしていた。

「どこが怖いんだ。全然怖くないですよね」

穂高は神棚《かみだな》に向かって話しかけた。

祖父母の家に到着《とうちゃく》した昨日、一日かけて家中を掃除した後、神棚もきれいにした。少しも怖くなかったし、実際、怖いことなど何ひとつ起きなかった。

まあ皆《みんな》、昔から怖がってたからな……。

幼い頃、祖父母の家へ遊びに来ても、誰《だれ》もこの部屋には近寄らなかった。

とはいえ祖父母が従兄弟たちを叱《しか》ることはなかった。お参りしなさいと無理強《むりじ》いすることもなかった。ただ淡々《たんたん》と、まるで息をするかのように山神様を拝んでいた。

「山神様、お下げします」

穂高は神棚に一礼し、朝、供えておいた大きなおむすびを下げた。祖父はいつもこの御下《おさ》がりをお茶漬《ちゃづ》けにして食べていた。なんだか特別な食事のような気がして、心の中で羨《うらや》ましく思ったものだ。

僕も梅干しでお茶漬けにしよう。

夕食は既《すで》に済ませた。これは特別な夜食だ。

今回の滞在《たいざい》予定期間は二週間。付近にスーパーやコンビニはもちろん万屋《よろずや》すらないので、レンタカーのワゴン車に食料品をたくさん積んできた。梅干しと漬物もクーラーボックスに入れて持ってきている。

鼻歌を歌いながら土間にある台所へと踵《きびす》を返した次の瞬間《しゅんかん》、ドンドン！　と戸を叩《たた》く音がして体が強張《こわば》った。

思わず腕時計《うでどけい》を見下ろす。時刻は八時三十分。とうに日は沈《しず》み、外は真っ暗だ。

誰だろ、村の人かな。

昨日、残りわずかな村人である老夫婦《ふうふ》の家に立ち寄ると、何か不便なことがあったら声かけてなと言ってくれた。とはいえ二人とも、八時には床《とこ》につくと言っていたのだが。

とりあえずおむすびを茶簞笥《ちゃだんす》の上に置いた穂高は、山神様の部屋を出た。囲炉裏がある板の間を抜《ぬ》けて土間へ降り、戸の近くまで歩み寄る。

その間に再び、ドンドンと戸が叩かれた。

「はい、どなたですか？」

「道に迷て一人で難儀《なんぎ》してるんです。開けてもらえませんか」

うわ、物凄《ものすご》い棒読みだ……。

この辺りの訛《なま》りだが、低く響く男の声に聞き覚えはない。泥棒《どろぼう》だろうか。

しかし本当に迷っている人だったら放《ほう》っておけない。この辺りには街灯すらないのだ。

穂高は念のため、土間の片隅《かたすみ》に置いてあった火かき棒を手にとった。

何かあったら、これで応戦しよう。

「今開けます」

火かき棒を握《にぎ》りしめ、木製の戸をゆっくりと開ける。

立っていたのは、スラリとした長身の男だった。年は二十代の半ばといったところか。百七十センチの穂高より、確実に十センチは背が高い。夏だというのに漆黒《しっこく》の着物を身につけているが、生地《きじ》が薄《うす》めで涼《すず》しげなせいか、暑苦しさは感じなかった。

見下ろしてくるのは迫力《はくりょく》のある美貌《びぼう》だ。くっきりとした眉と通った鼻筋は野性味を感じさせ、癖のある長い黒髪が違和感《いわかん》なく似合っている。何より印象的なのは瞳《ひとみ》だった。こげ茶色のような琥珀色《こはくいろ》のような、不思議な色をしている。

「入れてくれんのか」

不機嫌《ふきげん》な口調で言われて、男の瞳に見惚《みと》れていた穂高は我に返った。

「あ、すみません。どうぞ」

ばつが悪かったこともあり、反射的に中へ促《うなが》すと、男は遠慮《えんりょ》する様子もなく入ってきた。

随分《ずいぶん》と姿勢がいい。そのせいで着物姿が余計に美しく見える。

土間の中央で立ち止まった男は、こちらを振《ふ》り返った。なぜか思い切り顔をしかめている。

「おまえ、ちょっと無防備すぎるぞ」

え、と思わず声をあげると、男は偉《えら》そうに腕《うで》を組んでこちらを見つめた。

「見ず知らずの他人を、やすやすとうちに入れるんやない。わしが盗人《ぬすっと》か怨霊《おんりょう》やったらどうするつもりや」

「や、でも、道に迷ったって……」

「わしが迷うわけないやろう。だいたい、こんな時間にこんな山の奥まで来る人間は滅多《めった》におらん。もっと警戒心《けいかいしん》を持て」

真顔で説教され、段々腹が立ってきた。

何勝手なこと言ってんだ。

「道に迷ったって入ってきたのはあなたでしょう。迷ってないなら帰ってください」

広い肩《かた》を押すと、待て、と男は両手で穂高を制した。

「わしはおまえの望みを叶《かな》えにきたんや」

「宗教の勧誘《かんゆう》なら間に合ってます」

「勧誘やない。そもそもおまえは山神を信じてるんやろうが。勧誘する必要がどこにある」

穂高は改めて男を見上げた。

男はやはり、どこまでも偉そうにこちらを見下ろしてくる。

――怪《あや》しすぎる。

車やバイクのエンジン音がしなかったことを考えると、彼は歩いてここまで来たのだろう。それにしては襟元《えりもと》も裾《すそ》も全く乱れていないし、汗《あせ》ひとつかいていない。おまけに足元は下駄《げた》だ。靴《くつ》に慣れた人間が、下駄で坂道を登るのは難しい。また、「盗人」や「怨霊」という言葉も、自分を「わし」と称《しょう》するところも変だ。

「とにかく、望みはありませんからお引き取りください」

「望みがないわけないやろう。わしが何でも叶えてやるさかい、遠慮せんと言うてみろ」

「じゃあ家族の健康。病気とか怪我《けが》をしませんように」

思い浮《う》かんだことをそのまま言うと、男は目を見開いた。が、すぐに顔をしかめる。

「おまえ自身のことやないとあかん。金銀財宝がほしいとか出世したいとか」

「どれも興味ありません。これからやることあるんで帰ってください」

「なら、わしが代わりにやってやろう。何をするんや」

男は上がり框《かまち》にでんと腰《こし》を据《す》え、まっすぐにこちらを見つめてくる。危害を加える気はなさそうだが、だからといって帰る気もなさそうだ。

ああもう、なんでこんなわけのわかんない奴《やつ》を入れちゃったんだ……。

自分自身に苛立《いらだ》ちつつ、穂高はほとんどヤケクソで答えた。

「御下がりのおむすびを食べるんですよ。だから代わりにされても迷惑《めいわく》です」

おむすび、と男はつぶやいた。刹那《せつな》、ぐぎゅるるるう、と派手な音が土間に鳴り響《ひび》く。

目の前にいる男の腹の音だ。

「……お腹《なか》すいてるんですか？」

「いや、すいてへん」

きっぱりと否定しながらも、男の視線は明らかに泳いでいる。

もしかして道に迷ったんじゃなくて、単に食事をするところがなくて困ってるのかも。

そう考えた途端《とたん》、苛立ちは半減した。

しょうがないなあ……。

「食事用意しますから、それ食べたら帰ってくださいね」

「おむすびがええ。おむすびが食べたい」

握ったままでいた火かき棒を置いていると、やけにはっきりとした口調で言われた。

思わず振り返った先で、男は厳《いか》めしい顔をしようとして完全に失敗していた。頬《ほお》が上気し、目が爛々《らんらん》と輝《かがや》いている。

「や、でも、今日はもう米は……」

炊《た》かないいんだけど、と続けようとした穂高だったが、口を噤《つぐ》んだ。

物凄く期待に満ちた目だ……。

昼間、おむすびを食べさせてやった犬とそっくりである。

「わかりました。今から炊きます。でも最低一時間はかかりますからね。それでもいいですか？」

ため息まじりに言うと、ぱあぁ、と音がしそうな勢いで男は笑顔《えがお》になった。

「ああ、ええぞ。かまわん」

うんうんと何度も首を縦に振る様子は、なんだか可愛《かわい》らしい。

いやいやいや、と慌《あわ》てて自分の思考を否定する。

目の前にいる男は、すっかり日が暮れた夜に着物姿で山奥にある家を突然《とつぜん》訪ねてきて、変な言葉遣《ことばづか》いで何でも望みを叶えてやると言っているのだ。おかしいだろう。

おかしいのはわかってるんだけど。

ちらと横目で男を見遣《みや》る。

精悍《せいかん》な顔つきには、抑《おさ》えきれない歓喜《かんき》の笑みが浮かんでいた。

「……上がって待っててください」

いろいろと負けた気分で言うと、男は上機嫌で頷《うなず》いた。

「よし、おまえがおむすびを作ってる間に、わしはおまえにええ物《もん》を出してやろう」

「そんなのいいですから、ちょ、どこ行くんですか！」

下駄を脱《ぬ》いだ男は、勝手に板の間に上がり込んだ。そのまま迷うことなく、奥にある山神様の部屋へと向かう。

「そっちの部屋はだめです！」

「大丈夫《だいじょうぶ》や」

「ちょ、大丈夫じゃないですよ。ほんとにだめですって！」

部屋にたどり着いた男は、いきなり振り返った。

驚《おどろ》いて固まっていると、にっと笑みを浮かべる。整った白い前歯の左右に、鋭《するど》い犬歯が生えているのが見えた。

「ええ物《もん》を出したるて言うたやろが。おむすびができたら声かけろ。それまでは覗《のぞ》くなよ」

偉そうに言うなり、男はぴしゃりと戸を閉めた。

穂高は呆気《あっけ》にとられて、目の前にある木目の戸を見つめた。

何なんだ、いったい……。

山神様を祀《まつ》った部屋にあるのは、山神様のご神体と、蠟燭《ろうそく》等が入った茶簞笥《ちゃだんす》だけだ。金目の物は一切《いっさい》ないけれど。

「神棚《かみだな》にあるご神体には触《さわ》らないでくださいね！」

一応声をかけるが、返事はなかった。

ため息を落とした穂高は、土間にある台所へ戻《もど》った。

もしかすると、とんでもなく厄介《やっかい》な人物を家に入れてしまったのかもしれない。

でも凄《すご》くお腹がすいてるみたいだったし、と自分で自分に言い訳をした穂高は、がっくりと肩を落とした。

こういうとこが、僕のダメなところなんだろうな……。

見崎君て真面目《まじめ》だし明るいし、顔もカワイイ系のイケメンだけど、誰《だれ》にでも優《やさ》しいっていうか甘いとこがあるよね。自分のカレシだったらイライラしそう。私は対象外だなあ。

夏休みに入る前、講義でたまに一緒《いっしょ》になる他学部の女の子が、そんな風に話しているのを聞いてしまった。彼女に好意を持っていたわけではなかったのに、なぜかふられた気分になった。

そもそも穂高は恋愛《れんあい》に淡泊《たんぱく》だ。今まで、ちょっといいなと思った女の子はいたが、付き合いたいとまでは思わなかった。高校一年のときに一度だけ同級生の女の子に告白されて付き合ったものの、彼女と同じ温度で好きになれなかったせいか、三月《みつき》も経《た》たないうちにふられてしまった。

なんか変なこと思い出しちゃった。

頭を振った穂高は、両手で軽く頰を叩《たた》いた。

もう入れてしまったのだ。後悔《こうかい》しても仕方がない。

とにかく米を炊こう。


ボウルで米を研《と》いだ穂高は、ひとまず台所がある土間から板の間に上がった。米は最低でも三十分は水に浸《ひた》しておかなくてはいけない。それから炊き上げるのに約二十分、蒸《む》らすのに十五分かかる。

余分に炊くことになってしまったが、米は両親と伯母《おば》と伯父《おじ》に大量に持たされたので、滞在《たいざい》中に足りなくなったりはしないだろう。

山神様はおむすびが大好物だから、米はたっぷり持っていかないと。

すっかり街の生活に馴染《なじ》み、山神様を得体の知れない信仰《しんこう》と見なしているはずの父と伯父伯母が、口をそろえてそう言うのがおかしかった。

穂高は山神様の部屋に視線をやった。物音ひとつしない。

まさか僕にご飯炊かせといて寝《ね》ちゃったとか？

ムッとした穂高は勢いよく立ち上がった。一応足音を忍《しの》ばせて部屋に歩み寄る。

離《はな》れているとわからなかったが、傍《そば》に寄ると、ごそごそと動く音が聞こえてきた。

何やってんだろ。ご神体に触ったりしてないだろうな。

そういえば、どこに住んでいるかはもちろん名前すら聞いていなかった。

己《おのれ》の迂闊《うかつ》さを改めて反省しつつ、音をたてないよう慎重《しんちょう》に戸を開ける。

男はこちらに背を向けてしゃがみ込んでいた。いつのまにつけたのか、頭に二つ黒っぽい色の三角形の飾《かざ》りが載《の》っている。一見したところ、犬か猫《ねこ》の耳のようだ。

大の男が夜、山の中にある他人の家に上がり込んでおむすびをねだった挙句、コスプレをしている。——ますます意味がわからない。

そっと中へ足を踏《ふ》み入れても、男はこちらに気付かなかった。

反対に、穂高は気が付いた。茶箪笥の上に置いたはずの、御下《おさ》がりのおむすびがなくなっていることに。

食べちゃったんだ。ていうか、今食べてるのか！

おむすびを食べるのに夢中になっているせいで、穂高が部屋に入ってきていることに気付かなかったようだ。穂高が新たに作るおむすびが出来上がるのを待てなかったらしい。

だからって勝手に食べることないだろ。

ひとこと声をかけてくれれば譲《ゆず》ったのに。

ムッとすると同時に悪戯心《いたずらごころ》が湧《わ》いた。突然頭に載せている耳を取ったら、彼はきっとびっくりするだろう。それくらいしてもバチは当たるまい。

広い背中に近付いた穂高は、慎重に手を伸《の》ばした。頭の上に載った耳をぎゅっと握《にぎ》る。確かな手応《てごた》えと温《ぬく》もりを感じた次の瞬間《しゅんかん》、男が吠《ほ》えた。

獣《けもの》の咆哮《ほうこう》のような声に驚いて、その場に勢いよく尻《しり》もちをつく。

「いった……」

打ちつけた肘《ひじ》を摩《さす》りながら目を開けると、男は立ち上がっていた。

こちらを見下ろす精悍な面立《おもだ》ちには、怒《いか》りとも驚きともつかない表情が浮《う》かんでいる。

「おまえ……、何をするんや……」

「何って……、あ、その耳、もしかして凄く高価な物なんですか？」

手触《てざわ》りといい温度といい、やけにリアルだった。それに、けっこう強くつかんだのに少しもずれていない。意外にきちんとくっついていたらしい。

「あの、すみません、痛かったですか？」

座り込んだまま謝ると、男はカッと目を見開いた。

「バカにするな！　人間ごときの力で握られたくらいで痛いわけないやろう！　それより何ちゅうことをしてくれたんや！」

「何ちゅうって、その頭の耳を握っただけ……」

「それがあかんのや！」

穂高の言葉を遮《さえぎ》るように怒鳴《どな》った男は、肩《かた》で大きく息をした。少しは落ち着いたらしく、今度は穂高をじろじろと眺《なが》めまわす。

「勝手にわしの耳を触ってからに。まさかこんなところで、こんな形で婚姻《こんいん》が決まるとは……」

再び大きなため息を落とした男は、その場で軽く跳《は》ねた。

刹那《せつな》、なぜか男の周囲に大量の煙《けむり》が勢いよく噴《ふ》き出し、思わず目を閉じる。

え、なんだ？　火事？

慌《あわ》てて目を開けると、そこにはこげ茶色の大きな獣がいた。昼間、山で出会った犬だ。

「あれ？　おまえ、どこから入ってきたんだ？　さっきの人は？」

きょろきょろと周囲を見まわす。

しかし男の姿はどこにもない。

すると、犬は黄金色《こがねいろ》に光る瞳《ひとみ》を穂高に向け、おもむろに口を開いた。

「このうつけ。わしや」

うわっ！　と穂高は思わず声をあげた。反射的に勢いよく後ずさる。

狭《せま》い部屋だけに後頭部が壁《かべ》にぶち当たった。ゴチ、と派手な音がして目眩《めまい》がする。

間を置かず、視界が暗くなった。

「結果的にはよかったやないですか。見崎の家の者《もん》やったら安心です」

「主様《ぬしさま》のお力が戻ったんも、この者《もの》——穂高様がお戻りになって祠《ほこら》にお参りしはったからですよ。めでたいことや」

ぼそぼそと話す声が聞こえてくる。

男が二人、会話しているらしい。どちらも聞いたことのない声だ。

「全く知らぬ者《もん》やないんや、皆《みな》も喜びます。早速《さっそく》祝言《しゅうげん》の支度《したく》をしませんと」

立ち上がる気配を待てと止めたのは、やけに偉《えら》そうな声だった。

「祝言はもう少し先でええ。いくら見崎の血筋でも村の者《もん》やないさかいな。嫁《よめ》にするにしても、人を見極《みきわ》めたい」

「しかしそれでは、お力が戻るんが遅うなってしまいます。そうや、祝言は後まわしにしてもかまいませんよって、今日明日にでも契《ちぎ》られたらいかがですか」

「それがええ、それがええ。何も祝言を待つことありません」

ちぎるって、何をちぎるんだろう……。

ぼんやり目を開けると、煤《すす》で黒くなった木目の天井《てんじょう》が見えた。

その天井をバックに、男が二人、上から覗《のぞ》き込んでくる。

一人は整った涼《すず》しげな顔つきの男だった。どちらかといえばほっそりとした体つきといい、肩の辺りまで伸びた艶《つや》のある髪《かみ》といい、どこか中性的な雰囲気《ふんいき》である。

もう一人は太い眉《まゆ》が印象的な、濃《こ》い顔立ちの男だ。肩幅《かたはば》が広く、マッチョな体つきである。髪もごく短い。

二人とも落ち着いた色の着物を身につけており、それが様になっていた。タイプは全く違《ちが》うが、それぞれ男前だ。年はどちらも二十代半ばに見える。

が、どちらの男にも見覚えはない。

顔をしかめていると、中性的な雰囲気の男が笑《え》みを浮かべた。

「ああ、目ぇ覚まされましたな。お初にお目にかかります。私、ヤマチチノカオルと申します」

「ヤマチチノカオル、さん……？」

「はい。どうぞカオルとお呼びください」

その容姿と同じ涼やかな声で言った男――カオルに続き、もう一人の男が口を開く。

「わしはヤチョノタロウと申します。タロウとお呼びください。どうぞよろしゅう」

太い声で言って、タロウは頭を下げた。

ヤマチチノとヤチョノって、変わった苗字《みょうじ》だな。どういう漢字を書くんだろ。

――ていうか、誰《だれ》なんだこの人たち。

どうやらここは祖父母の家にある畳《たたみ》の間のようだ。穂高が寝泊《ねと》まりしている部屋である。

なぜ今自分は、その部屋で布団《ふとん》に寝ているのか。

確か、黒い着物を身につけた変な男が訪ねてきたのだ。なんだかんだでうちに入れてしまい、良い物を出してやるからおむすびを作れと言われた。米を炊《た》いている間、男は山神様の部屋に籠《こも》った。そこで勝手に御下がりのおむすびを食べていた。彼の頭には犬のような耳がついていて、穂高はそれを握った。温かな感触《かんしょく》がまだ掌《てのひら》に残っている。

そしたら男からいっぱい煙が出て、昼間会った犬が現れたんだ。

このうつけ。

犬にそう言われたことを、はっきりと覚えている。

そうだ、犬がしゃべった！

穂高は勢いよく体を起こした。ちょうど腰《こし》の辺りに胡坐《あぐら》をかいていた男と目が合う。

「あ！　どこに行ってたんですか！　犬、犬は？　こげ茶色の犬見ませんでした？」

急《せ》き込むように尋《たず》ねると、男は盛大に眉を寄せた。

「わしを犬なぞと一緒《いっしょ》にするな。わしは狼《おおかみ》や。おまえらの言う山神様や」

男が不機嫌《ふきげん》な声で言った次の瞬間、ぼん、と彼の周囲に煙が湧いた。

思いの外早く引いた煙の中から現れたのは、先ほど山神様の部屋にいた犬だった。山で会ったときよりも毛並みが艶やかになっている気がするが、間違《まちが》いない。

でも今ここにいたのはおむすびを作れって言った男だよな。

その男は、畳の部屋のどこにもいなかった。かといって出て行った気配もない。

ぽかんとしていると、はあ、と目の前にいる犬がため息を落とした。

「察しの悪い奴《やつ》やな。さっきの姿もわし、今の姿もわしや」

「うわっ、やっぱり犬がしゃべった！」

「そやから犬やないて言うてるやろが！」

まあまあまあ、と割って入ってきたのはカオルだった。

「穂高様は今日、主様に嫁《とつ》がれるて決まらはったばっかりですよって。戸惑《とまど》われることもおありでしょう。おいおい、慣れていかはったらよろしい」

「とつがれる……？」

ただでさえパニックに陥《おちい》っているところへ、言われていることの意味がわからなくてくり返すと、カオルはニッコリと微笑《ほほえ》んだ。

「主様のお耳にお触《さわ》りになったでしょう？」

主様、というのはどうやらこの犬——犬ではなく狼か——のことらしい。

「はあ、あの、さっきの人が頭につけてた耳には触っちゃいました、すみません。御下《おさ》がりを勝手に食べてたから、ちょっとした意趣返《いしゅがえ》しっていうか悪戯《いたずら》っていうか……」

「勝手やない。あれはもともとわしの物《もん》や。わしの物《もん》をわしが食べて何が悪い」

不機嫌に言い放った狼を、カオルはまた、まあまあまあと宥《なだ》める。

「主様もそう意固地になられんと。穂高様は主様が山神様やて知らはらんかったわけですから」

ねえと声をかけられ、穂高は改めて事の異常さに気付いた。

目の前にいるのは見知らぬ男が二人と、人の言葉をしゃべる犬だ。

しかも犬は犬ではなく狼で、山神様なのだという。

「あの……、今更《いまさら》な気もしますけど、あなた方はどこの誰なのか、何がどうなってるのか、きちんと説明してもらえますか？」

布団の上に正座をして問うと、カオルとタロウは同時に狼を見た。

ため息を落とした狼は、やはり不機嫌そうに話し出す。

「さっきから何回も言うてるやろう。わしはさっきの部屋にも、昼間おまえが行った祠にも祀《まつ》られてる山の神や。狼やが、人にも化けられる。カオルとタロウはわしの眷属《けんぞく》や」

紹介《しょうかい》された男二人は、穂高に深々と頭を下げた。

ふいに、祖父母の笑顔が脳裏《のうり》に浮《う》かんだ。

穂高が幼い頃《ころ》、この家にはまだ竈《かまど》があった。手拭《てぬ》いを頭にかぶった祖母が、竹の筒《つつ》で息を吹《ふ》き込んで火を調節していた。パチパチと薪《まき》が燃える音や、米が徐々《じょじょ》に炊けてくるふくよかな香《かお》りを、はっきりと覚えている。

祖父母は雨が降ろうが風が強かろうが、祠へのお参りを欠かさなかった。悪天候の日は、穂高は危ないさかい今日は来たらあかんでと言われた。祖父《じい》ちゃん、祖母《ばあ》ちゃんも危ないよと心配するると、祖父も祖母も微笑んだ。大丈夫《だいじょうぶ》や、山神様が守ってくださる。事実、祖父も祖母も怪我《けが》をしたことは一度もなかった。

　たくさんの懐《なつ》かしい光景を思い出すと同時に、スッとパニックが治まるのがわかった。祖父ちゃんと祖母ちゃんとご先祖様は、山神様を大事に大事にしてきたんだ。狼が口をきいてるし、そもそも狼が生きてることが大変なことだし、今、目の前にいるのは山神様だって信じてもいい。そういうことも、まるきりないとは言い切れない。

「久しぶりの供え物やったさかい、礼をしよう思て訪ねたんやが、おまえに耳をつかまれてえらいことになった」

「えらいことって……」

「主様のお耳に触《ふ》れた者は、主様と婚姻《こんいん》を結ばねばならんのです」

　厳粛《げんしゅく》な面持《おもも》ちで言ってのけたのは、今まで黙《だま》っていたタロウだ。狼はよくわからないが、タロウとカオルは真剣《しんけん》そのものの顔をしている。

　さすがの穂高も、「こんいん」が「婚姻」だと理解した。

「どうして耳に触ったら婚姻を結ばなくちゃいけないんですか？」

「そういう決まりやからや」

　きっぱりと答えたのは狼だった。カオルとタロウもうんうんと頷《うなず》く。

「や、でも、僕はその決まりを知らなかったわけですし、何より男ですよ」

「決まりを知ってたか知らんかったかは関係ない。触ったこと自体が問題なんや。それに、男か女かも関係ない」

「いやいや、関係あるでしょう。山神様だって男は嫌《いや》でしょ？」

「わしは男でも女でもかまわん」

「や、でも、僕はかまいます。それに僕、夏休みでこっちに来てるだけだから婚姻は」

できません、と言いかけたそのとき、ぎゅるるるる、と大きな音が部屋に響《ひび》いた。

腹を押さえたのはタロウだ。

「申し訳ありません。もうかなり長いこと、供え物がなかったもんですから……」

恥《は》じ入るマッチョ男を目《ま》の当たりにして、穂高はハッとした。

そういえば米を水に浸《ひた》しておいたのだ。部屋の隅《すみ》にある目覚まし時計は十時をさしている。米を研《と》いでから一時間くらいしか経《た》っていない。気を失っていたのは短い時間だったようだ。

腹が減っていては良い考えも浮かばない。

「今からご飯炊きますから、待っててもらえますか？」

「いや、しかし」

「準備しておいたから、遠慮《えんりょ》しなくても大丈夫ですよ。あの、山神様、皆《みんな》で食べてもいいですよね？」

狼に向かって言うと、ああ、かまわん、と厳《いか》めしい答えが返ってきた。が、立派な尻尾《しっぽ》はぶんぶんと勢いよく振《ふ》られている。

穂高は噴《ふ》き出しそうになるのを堪《こら》えた。

こういうところは、やっぱりかわいい。

「じゃあ炊いてきます。ちょっと待っててくださいね」

言い置いて立ち上がり、台所へ向かう。

「よう気ぃのまわることで……」

「ええ伴侶《はんりょ》を得られましたな」

背後でかわされる会話に、穂高は足を止めて振り返った。

そこにはカオルとタロウの他《ほか》に、いつのまに人の姿になったのか、漆黒《しっこく》の着物を身につけた男が胡坐をかいている。

一瞬《いっしゅん》びくっとしてしまったものの、穂高は三人をにらんだ。

「おむすびは作りますけど、婚姻は無理ですから!」


翌朝、穂高は五時に目を覚ました。祖父母の家に寝泊《ねと》まりするときは、だいたいこれくらいの時間に起きる。真夏だというのに、山の朝の空気はひんやりとして澄《す》んでいた。

ふわあ、と欠伸《あくび》をした穂高は周囲を見まわした。畳《たたみ》の部屋には誰《だれ》もいない。

昨夜のあれは夢だったのか……？

三人の立派な成人男性が、穂高が作ったおむすびを前にして目を輝《かがや》かせた。そしてただ白米を握《にぎ》っただけのおむすびを、さも旨《うま》そうにたいらげた。夢にしてはリアルすぎる記憶《きおく》だ。

それにしても、ほんとに嬉《うれ》しそうに食べてたな。

子供の頃、なんで山神様のおむすびには具を入れないの？　と祖父に尋《たず》ねたことがある。具を入れた方が喜ぶんじゃないかなあ。僕も梅干しとか昆布《こんぶ》とか、具が入ってた方が嬉しいし。

祖父はニッコリ笑って頭を撫《な》でてくれた。

穂高は優《やさ》しいなあ。けど昔、ここらでは米が貴重品やったんや。金銀財宝と同じ価値があった。米だけで作るおむすびは、最高の贅沢品《ぜいたくひん》なんや。そやさかい、山神様は米だけの方がお喜びになるんやで。

村には棚田《たなだ》があったが、面積は小さかった。しかも山の斜面《しやめん》を利用して造られていたため、機械を入れることができず、祖父母をはじめ村人たちは全《すべ》て手作業で米を作っていた。かなりの重労働だったせいだろう、穂高の父を含《ふく》めて受け継《つ》ぐ者はおらず、わずかに残った村人たちも高齢《こうれい》で、村の棚田は放棄《ほうき》された状態だ。全てが雑草に覆《おお》われた空き地になってしまっている。

交通の便がよければ、伝統のある風光明媚《ふうこうめいび》な光景として、行政が保存に乗り出す可能性もあったのだろう。しかし駅から相当離《はな》れた、不便な山奥ではどうしようもない。恐《おそ》らくもう二度と水田に戻《もど》ることはあるまい。

寂《さび》しいけど、寂しいって感情だけじゃどうすることもできないしな……。

穂高は人々の生活と結びついた里山が好きだが、だからといって、この村に住みついて棚田を保つことはできない。棚田から得られる収入だけでは暮らせないからだ。祖父母がこの村で生活できていたのは、清貧な暮らしぶりの上に、ある程度自給自足していたから、そして祖父が林業に従事していたからでもある。その林業も、今やすっかり廃《すた》れてしまった。

環境《かんきょう》や条件、能力がそろわなければ、昔ながらの里山を守ることはできない。耕作を放棄された田畑も、住人がいなくなった空き家も、ただ静かに緑に呑《の》みこまれていく。

手入れする人がいないのに山がそんなに荒《あ》れてないのは、山神様たちがいてくださるからなのかも。

改めて感謝しつつ、板の間へと続く戸を開ける。

「っ！」

あげそうになった声を、穂高はどうにか呑み込んだ。

板の間には、三匹《びき》の大きな獣《けもの》がいた。転がって眠《ねむ》っているのが二匹、そして梁《はり》にぶら下がっているのが一匹。狼《おおかみ》、猪《いのしし》、蝙蝠《こうもり》だ。

やっぱり夢じゃなかったんだ……。

山神様にお仕えしておられるんは、野猪《やちょ》様と山地乳《やまちち》様や。長《なご》う生きられた猪と蝙蝠が、山神様の眷属になられたんやで。

今の今まで忘れていた祖父の言葉が耳に甦《よみがえ》る。ヤチョノ、ヤマチチノ、というのは苗字《みょうじ》ではなく、彼らの正体を表していたのだ。蝙蝠がカオルで、猪がタロウなのだろう。

気持ちよさそうに眠っている三匹を起こすのはなんとなく憚《はばか》られ、穂高は彼らの横を足音を忍《しの》ばせて通った。

板の間の向こう側にある土間にたどり着くと同時に、おい、と声をかけられる。

振り返った先にいたのは、昨夜最初に訪ねてきた男――山神だった。やはり漆黒の着物を纏《まと》っている。こちらを見つめる瞳《ひとみ》は、室内にいるせいか琥珀色《こはくいろ》だ。

また一瞬びくっとしてしまったものの、穂高はかろうじて頭を下げた。

「起こしちゃってすみません、おはようございます」

「おはよう。どこへ行く」

「どこって、顔を洗いに行きます。ご飯はその後炊《た》きますから待っててください」

うんと当然の如《ごと》く男は頷いて立ち上がった。そしてなぜか穂高の後をついてくる。

「おまえ、ほしい物《もん》はないて言うてたけど、ほんまは何かあるやろう。遠慮せんと言うてみい」

「や、ほんとにないですから。ほしい物は自分でバイトして買いますし」

「ばいと？　ばいとて何や」

めてくる。

「ええと、働いて給料をもらって買うってことです」

台所の更《さら》に奥にある洗面所の鏡に向き合うと、男は横に立った。そして鏡越《ご》しに穂高を見つ

「ちょっとぐらい働いても買えん高価な物《もん》はどうや。ほれ」

言うなり、男はこちらに手を差し出した。

大きな掌《てのひら》に載《の》っていたのは黄金の塊《かたまり》だ。子供の握り拳《こぶし》くらいはある。

ハブラシを口に入れようとしていた穂高は、ゴホ、と咳《せ》き込んだ。

「ちょっ、ど、どこからそんな物出したんですかっ」

「ほしかったらもっとやるぞ」

差し出されたもう片方の手には、こぼれ落ちそうなほどたくさんの金の粒《つぶ》が載っていた。宝石に興味がない穂高でも、一目で本物だとわかる輝きだ。

「うわっ、怖《こわ》っ、いいですいいです、いらないです！」

「何が怖い。山を下りたら、これを人が使う貨幣《かへい》に換《か》えられるとこがあるやろう。働かんでも、それで好きな物《もん》を買うたらええ」

「ちょ、ほんと無理無理無理です！　受け取れません！」

ぐいぐいと両手で金を押し付けられ、ハブラシを握りしめたまま逃《に》げる。

が、男はあきらめずに追いかけてきた。

「受け取らんのやったら何でもええから望みを言え！」

「だからないですって、あ、名前！　名前を教えてください！」

空いていた左手に強引《ごういん》に金の塊を握らされそうになった穂高は、どうにかこうにか叫《さけ》んだ。

はあ？　と男は眉《まゆ》を寄せる。

「なんやそれは。そんなもんが望みなんか」

「だって、あなたの名前は聞いてません。カオルさんとタロウさんは名前で呼んで、あなただけ山神様って呼ぶのは変でしょう」

そろそろと手を引っ込めながら言うと、男はゆっくり瞬《まばた》きをした。金塊《きんかい》が載った手をおもむろに懐《ふところ》にしまった後、腕《うで》を組む。軽く握られた拳の中に、既《すで》に金はないようだった。だからといって懐が膨《ふく》らんでいるわけでもない。

自由に出し入れできるんだ。さすが神様……。

「ハヤテ、や。立つに風と書く」

「ああ、颯《はやて》さん。かっこいい名前ですね」

思ったことをそのまま言っただけなのに、男——颯はなぜか顔をしかめた。そしてぷいと横を向く。

あ、なんかちょっとかわいい。

「金よりわしの名前を知りたいやなんて、おかしな奴《やつ》や」

「別におかしくないと思いますよ。颯さんたちは僕の名前を知ってたし、これでおあいこです」

笑ってみせると、おあいこ、おあいこ、という幼い子供のような可愛《かわい》らしい声が下から聞こえてきた。いつのまに入り込んだのか、スウェットのズボンの左右のポケットから雀《すずめ》が一羽《わ》ずつ顔を出している。

わっ、と思わず声をあげた穂高を真似《まね》てか、わ、わ、と二羽もそれぞれ高い声で鳴いた。真っ黒い目でこちらを見上げ、キャッキャッと楽しげに笑う。

うわ、なんだこれ、かわいいな。

つられて頰《ほお》を緩《ゆる》めると、穂高、と呼ばれる。

人の姿をとってなお琥珀色に光る颯の目も、わずかに緩んでいた。

「そいつらもわしの眷属《けんぞく》や。頰《ほ》っぺたの黒が大きい方がクリで、小さい方がマメ。飯を食わせてやってくれ」

颯の言葉に応《こた》えるように、ごはん、ごはん、と二羽は囀《さえず》った。獣とは違《ちが》って鳥はしゃべる種類もいるせいか、違和感《いわかん》はない。むしろとても可愛らしい。

それに颯もなんだかかわいい。穏《おだ》やかな眼差《まなざ》しから、二羽を大事に思っているのが伝わってくる。

「顔洗ったらご飯炊くから、ちょっと待っててね。あ、そうだ、颯さん」

板の間に戻りかけていた颯の背中に声をかける。

「なんや。ほしい物《もん》が思い浮《う》かんだか」

「はい。すみませんけど、お米を出してもらえますか？　このままだと持ってきたお米がなくなっちゃいそうだから」

穂高だけでなく、成人男性並みに食べる三人が加わると圧倒《あっとう》的に足りない。

よしわかった、とすぐに了承《りょうしょう》するかと思いきや、颯は眉を寄せた。

「それはおまえのほしい物《もん》とは違うやろう」

「僕がほしい物ですよ。お米がないとおむすびが作れなくて困ります」

「そのおむすびは、わしらが食うために作るんやろうが」

「そうですけど、僕もご飯食べるし。皆《みんな》のためだけじゃないです」

穂高の言葉に納得《なっとく》がいかなかったのか、颯は低くうなった。そうして渋《しぶ》い顔をしながら袖口《そでぐち》に手を入れる。間を置かずに彼が取り出したのは米ではなく、木でできた枡《ます》だった。眉間《みけん》に皺《しわ》を寄せたまま、それを差し出してくる。

「米が入ってる袋《ふくろ》に入れとけ。米を増やしてくれる」

「え、そうなんだ！　凄《すご》いな。ありがとうございます。嬉《うれ》しいです」

「……嬉しいのか」

「そりゃ嬉しいですよ。これで皆に美味《おい》しいおむすびをたくさん食べてもらえます」

大事に枡を受け取ってニッコリ笑うと、颯は苦虫を噛《か》み潰《つぶ》したような顔をした。

かと思うと、またぷいと横を向く。

「それやったらまあええ。さっさと顔を洗《あろ》ておむすびを作れ」

はい、と笑顔《えがお》で返事をする。

ぶっきらぼうで偉《えら》そうな口調だったが、なぜか不快にはならなかった。

なんだかんだでほしいって言った物を出してくれたし。

それに先ほどの金塊もきっと、穂高がほしがるだろうと思って出してくれたのだ。

再び背を向けた颯を、穂高のポケットから飛び立った雀たちが追いかける。

「およめさん、やさしい、うれしい」

「やさしい、およめさん、よかった」

颯の肩《かた》に乗った二羽が発した可愛らしい声に、穂高はぎょっとした。

「違うからね！　嫁《よめ》じゃないから！」

「いや、嫁や。穂高はわしの耳を触《さわ》ったからな」

穂高の力説も虚《むな》しく、颯が即座《そくざ》に否定する。少しの迷いもない物言いだ。

呆気《あっけ》にとられていると、二羽はキャッキャと笑い声をあげた。

「ぬしさま、しゅうげん、おもち、でる？」

「ああ、用意しよう」

「おもち！　うれしい！」

こちらまでほっこりと胸が温かくなるような、可愛らしいはしゃぎっぷりだ。

――クリちゃんとマメちゃんはかわいいよ。かわいいけども！

初対面の二羽にまで「お嫁さん」認定《にんてい》されているとなると、それをひっくり返すのは大変そうだ。

昨夜《ゆうべ》は結局、おむすびを振《ふ》る舞《ま》っているうちに婚姻《こんいん》の話は曖昧《あいまい》になってしまった。

もう一回、颯さんとちゃんと話さないと。


「旨《うま》い」

おむすびを頬張《ほおば》った颯がうなるように言う。

同じくおむすびにかぶりついた薫《かおる》と太郎《たろう》――漢字を教えてもらった――も、大きく頷《うなず》いた。

今はどちらも人の姿になっている。

「穂高様のおむすびはほんまに美味しいですね」

感心したように言った薫に、穂高は面映《おもは》ゆさを感じた。先ほどから何度も「様」づけはやめてくれと言っているのに聞いてもらえない。

「美味しく感じられるのは、久しぶりに食べるからですよ。それに米の質がいいからです」

苦笑《くしょう》しつつ言うと、皿の上に置いた小さなおむすびを啄《ついば》んでいたクリとマメが、ちがう、ちがう、と鳴いた。こちらは雀の姿のままだ。人の姿にはなれないらしい。

「ほだかさまのおむすびやから、おいしい」

「ほだかさまが、つくってくれはったから、おいしい」

不思議なことに、舌足らずながらも少しずつ長い言葉を話せるようになってきた二羽に、ありがとうと礼を言う。

「そう言ってもらえると嬉しいけど、誰《だれ》が作っても同じだと思うよ。それに、ほだかさま、じゃなくて、ほだかさん、でいいから。ね」

ゆっくりと言い聞かせるように言うと、クリとマメはきょとんと首を傾《かし》げた。

「けど、ほだかさまは、ほだかさまや」

「うん、ほだかさまは、ほだかさま」

だめか……。

二羽の可愛らしさに頬を緩めつつも肩を落とす。

おむすびが出来上がるまで、颯たちは板の間で待っていた。額を突《つ》きあわせて祝言《しゅうげん》はいつにするか相談を始めたので、結婚《けっこん》しないって言ってるでしょう！　と何度かツッこんだ。しかし米が炊《た》ける甘い香《かお》りが立ってくると、話題は一気におむすびに移った。そろってキラキラと目

を輝《かがや》かせる彼らに、なんとしても美味しいおむすびを食べさせなければという使命感が湧《わ》いた。

皆に食べてもらうより先に山神様の神棚におむすびを供えると、颯は不思議そうな顔をした。

そっちやのうてこっちに持ってこいと言われて、束の間ぽかんとしてしまった。颯が山神様だったと思い出し、大いに慌てたことは言うまでもない。

「誰が作ってもて言うても、そもそも今の男子はおむすびを作れんやろう。現におまえの父親と伯父《おじ》が作ったおむすびは食べたことないぞ」

口を挟《はさ》んできたのは颯だ。

父さん世代と僕を「今」で括《くく》るんだ……。

かなり違和感があるが、長い時間を生きている神様ならではの感覚なのかもしれない。

海苔《のり》でしっかり巻いた梅干し入りのおむすびを頬張りつつ、穂高は答えた。

「僕のうちは両親が二人とも正社員で、外で働いてるんですよ。だから僕が料理を含《ふく》めて家事をするようになったんです」

「ほう、そしたら二親が外で働いてる家の子は、こうしておむすびが作れるというわけか」

「や、そういうわけでもないんです。僕も最初は自分で料理をしようなんて考えもしなかったですから。子供の頃《ころ》、両親とも忙《いそが》しくて、出来合いの惣菜《そうざい》とかお弁当で食事を済ませることが多かったんです。仕方ないって思う反面、できたての料理が食べたいなあって思ってました」

兄弟姉妹がいなかったので、一人で食事をすることも珍《めずら》しくなかった。だから余計に、出来合いの食事が虚しく感じられたのかもしれない。

「この家に遊びに来たとき、祖母《ばあ》ちゃんの作りたての料理を食べられるのが凄く嬉しかった。小学校二年のときだったと思うんですけど、祖母ちゃんにその話をしたら、自分で作ってみるか？　て言われたんです」

自分で作ったら、できたてのご飯がいつでも食べられるやろ。祖母ちゃんが教えてやるさかい、どうや？　やってみるか？

優《やさ》しく問われ、穂高は迷うことなく、やってみる、と頷いた。

最初に味噌汁《みそしる》を習い、次にご飯の炊き方を教わった。小学生の頃は村が雪に閉《と》ざされる冬休みは除いて、夏休みと春休み、そしてゴールデンウィークにも遊びに来ていたので、やがて季節ごとの料理も習うようになった。蕗《ふき》の煮物《にもの》、土筆《つくし》の煮びたし、菜の花のおひたし、栗《くり》の渋皮《しぶかわ》煮《に》、川魚の甘露煮《かんろに》等々、祖母の得意料理を少しずつ覚えていった。

失敗しても祖母は叱《しか》らなかった。何が原因で失敗したのかを穂高と共に考えてくれ、そしたらもういっぺんやってみよか、と言って一からやり直させてくれた。

ちなみに従兄弟《いとこ》たちは昆虫《こんちゅう》採集や川遊びに夢中で、料理には少しも興味を示さなかった。

「一人である程度作れるようになったとき、お父さんとお母さんに作ってあげたらどうやって祖母ちゃんが言ってくれたんです。それでうちに帰って、両親のために教わった料理を作りました」

祖父母が持たせてくれた野菜で煮物を作ると、両親はたいそう喜んでくれた。美味しいな、美味しいね、と本当に嬉しそうに食べる二人の顔を見て、心が弾《はず》んだ。

誰かにご飯を作ってもらうのも幸せだけど、作ってあげるのも同じくらい幸せだ。

祖母に電話してそんな風に感じたことを報告すると、よかったなあと一緒《いっしょ》に喜んでくれた。穂高が幸せで、祖母ちゃんも幸せや。そう言ってくれた優しい声は、今も忘れられない。

凄く凄く、嬉しかったな。

じわ、と目の奥が痛んだのをごまかすために、穂高は明るい声で続けた。

「それがきっかけで料理が趣味《しゅみ》になったんです。だから両親が外で働いてる家の子が皆、おむすびを作れるわけじゃないですよ」

「なるほど、おまえの旨いおむすびが食えるんは和代《かずよ》のおかげというわけか」

しみじみと言った颯に、穂高は驚《おどろ》いた。和代は祖母の名前だ。

目を丸くした穂高に、なんや、と颯は眉《まゆ》を寄せる。

「や、祖母ちゃんの名前、知ってるんだなと思って」

「知ってるに決まってるやろう。わしは山神やぞ」

偉《えら》そうに言った颯は、一人頷いた。

「和代に穂高を見守ってやってくれて言われたことやし、おまえと婚姻を結ぶんはちょうどええかもしれんな」

穂高は飲んでいた茶を噴《ふ》きそうになった。

やっぱりあきらめてなかったか。

おむすびを啄みながらやりとりを聞いていたマメが首を傾げる。

「ぬしさま、しゅうげんいつ？」

「まあ、二、三日中にはな」

「それでしたら、支度《したく》にとりかかりませんと。太郎、酒の用意を頼《たの》む」

「よし、わかった」

どんどん話を進めていく颯たちを、いやいやいやいや！　と強く遮《さえぎ》る。

きょと、とこちらを向いたクリとマメ、薫と太郎、そして颯を前にして、穂高は居住まいを正した。

「あの、何回も言ってますけど、僕は颯さんと結婚できませんから」

できる限りはっきりとした口調で言うと、颯は明るい琥珀色《こはくいろ》に輝く目を眇《すが》めた。人の姿でも、そうして細められた瞳《ひとみ》には迫力《はくりょく》がある。

「何を言うてる、おまえはわしの耳を触《さわ》ったんやぞ。婚姻はもう決まったことや」

「でも僕、大学で勉強したいことがあるんです。それを活《い》かして将来やりたいこともあるし」

「やりたいことて何や」

じろりとにらまれたが、負けずに見つめ返した。

「この村みたいに人が誰も住まなくなって、山が荒《あ》れるのを防ぎたいんです。あ、荒れるって言っても、山神様にしたら人が好き勝手した山が元《もど》に戻るだけかもしれないんですけど。僕は里山が好きだから、大学で勉強して人と山が共存できる方法を見つけたいと思ってます」

森林科学科がある農学部を選んだのは、そのためだ。

颯が何か言う前に、薫と太郎がご馳走様《ちそうさま》でしたと合掌《がっしょう》した。そしてきょときょとと首を振りつつやりとりを聞いていたクリを薫が、マメを太郎が、それぞれぽいと袂《たもと》に入れる。

「わあ、なにするん、だして、だして」

「ぬしさまとほだかさまと、いっしょにおりたい」

袂の中を飛びまわって囀《さえず》る二羽《わ》を、薫と太郎はシッと制する。

「後はお二人ですごさはるさかい邪魔《じゃま》したらあかん」

「主様、穂高様、どうぞごゆっくり」

頭を下げた二人は立ち上がった。クリとマメを袂に入れたまま、素早《すばや》く板の間を出て行く。

後には颯と穂高が残された。賑《にぎ》やかだった板の間が急に静かになる。外でひっきりなしに鳴いている蟬《せみ》の声が、やけに大きく聞こえた。

僕が言ったこと、颯さんはどう思っただろう。

正面に座っている颯を恐《おそ》る恐る見遣《みや》ると、彼は仏頂面《ぶっちょうづら》のままだった。

穂高、とふいに呼ばれて驚いたが、はい、とどうにか返事をする。

ブラウンがかった金色の瞳がまっすぐに見つめてきた。

「今日はこれから何をするつもりや」

「え？　ああ、祠《ほこら》におむすびをお供えに行きます」

おまえのやりたいことなどどうでもいい、決まりだから嫁《よめ》になれと言われるかと思ったのに、違《ちが》う話をふられて戸惑《とまど》いながら答える。

すると颯は不思議そうに首を傾げた。

「おむすびは今食べたぞ」

「あ、そっか」

目の前にいる男は山神様なのだ。山神様の正体が人の言葉を話す狼《おおかみ》で、なおかつ立派な成人男性の姿になれるなんて想像したこともなかったから、なかなか両者がつながらない。

「じゃあ祖父《じい》ちゃんと祖母ちゃんのお墓に行きます。祖父ちゃんと祖母ちゃんとご先祖様、きっと雑草に埋《う》もれて息苦しいと思うから、早く行って掃除《そうじ》しないと」

思っていることをそのまま言っただけだったが、颯はなぜかため息をついた。

「おまえは、人のことばっかりやな……」

小さくつぶやかれた言葉が聞き取れなくて、え？　と尋《たず》ね返す。

何でもない、と応じた颯は大きく頷《うなず》いた。

「よし、わしも墓へ行こう。掃除を手伝《てつど》うてやる」

事もなげに言った颯に、穂高は慌《あわ》てた。

「いいですいいです。山神様に掃除なんかさせたら、祖父ちゃんと祖母《ばあ》ちゃんとご先祖様に叱られます」

「そんなことはない。見崎の者《もん》におまえをここによこしてくれた礼をしたいんや」

え、と思わず声をあげると、颯は尖《とが》った犬歯を覗《のぞ》かせて笑った。野性味のある精悍《せいかん》な面立《おもだ》ちが一気に華《はな》やぐ。

しかめっ面ばかり見ていたせいか、ドキ、と心臓が鳴った。

改めて見ると、ほんとにかっこいい人だ。――や、人じゃなくて神様なんだけど。

「そしたら早速《さっそく》行くぞ！」

勢いよく立ち上がった颯に、穂高は焦《あせ》って首を横に振《ふ》った。

「すぐには無理ですよ。食器を洗わないと」

「そんなもん戻ってきてからでええやろう」

「だめです。洗い物はなるべく早く片付けた方がいいって、祖母ちゃんも言ってたし」

きっぱり言うと、颯は眉を寄せた。

「そしたらさっさと洗え。片付けたらすぐに行くぞ」

はいと返事をした穂高は、散らばっていた皿や湯呑《ゆの》みを盆《ぼん》の上に載《の》せた。

台所に降り、ちらと背後を振り返る。途端《とたん》に颯と目が合った。

「なんや。早《は》よせえ」

「あ、はい。すみません」

不機嫌《ふきげん》な物言いに思わず謝ったものの、穂高は頬《ほお》が緩《ゆる》むのを感じた。

颯さん、掃除しに行くのになんだか嬉《うれ》しそうだ。

先ほど穂高が言った結婚《けっこん》できない理由をどう思ったのかはわからないが、とにかく怒《おこ》ってはいないらしい。しかも、穂高が用事を済ませるのを待っていてくれる。

颯さん、案外優《やさ》しいな。


「うわー、やっぱり凄《すご》いことになってる……」

穂高は半ば呆然《ぼうぜん》とつぶやいた。

十分ほど北へ歩いた山中にある村の共同墓地は、想像していた以上に緑で覆《おお》われていた。蔦《つた》が墓石を覆い、そこに刻まれている文字が見えなくなっている。

村を出た人たちの中には、専門の業者に墓参の代行を頼む者もいるが、それもせいぜい年に一度だ。完全に放棄《ほうき》され、朽《く》ちつつある墓も少なくない。村にわずかに残った人たちも高齢《こうれい》で、急勾配《こうばい》の先にある墓地に来るのは難しいから、雑草だらけになるのは必然だ。

これは気合を入れてやらないとだめだな。

大きく息を吐《は》いた穂高の手から、颯がバケツを奪《うば》った。

「水をくんできてやる」

「あ、すみません、ありがとうございます」

雑草をものともせずに墓地に入っていく颯の背に向かって礼を言う。

墓地の一番奥に湧《わ》き水があるのだ。山神様の祠がある山を含《ふく》め、この付近の山々は水が豊かで、あちこちに湧き水がある。だからこそ、山あいでも稲作《いなさく》が可能だったのだろう。

「よし、がんばって掃除しますか！」

穂高も雑草の中へ足を踏《ふ》み入れた。中ほどにある祖父母の墓にどうにかこうにかたどり着き、まずは手を合わせる。

祖父ちゃん、祖母ちゃん、ご先祖様、遅《おそ》くなってすみません。

心の内で謝ってから掃除道具と花を脇《わき》へ置き、とりあえず墓石に巻きついた蔦を取った。線《せん》香《こう》や祖父母が好きだった煎餅《せんべい》を入れたリュックサックは背負ったまま、草を剥《は》がしてゆく。

「くんできたぞ」

背後で声がして、穂高は振り返った。

颯は息を切らすことなく立っている。彼の足元のバケツには澄《す》みきった水が満ちていた。

「ありがとうございます。後は僕がやるんで」

「手伝うて言うたやろう」

颯は下駄《げた》を履《は》いた足で地面を軽く蹴《け》った。

刹那《せつな》、墓の周囲に生《お》い茂《しげ》っていた草が、ざわざわと音をたてて引いていく。

わっ！　と声をあげた穂高は、思わず墓石にしがみついた。

瞬《また》く間に墓の周囲から雑草がなくなり、地面が顔を出す。

「凄い……！」

「わしは山神やぞ。何も凄いことはない」

そうは言いながらも、颯は得意げな顔をする。

雑草がなくなったのは見崎家の墓の周囲だけだった。他《ほか》の場所には生い茂ったままだ。そのあからさまな差が、本当に颯がやったのだと証明しているようだ。

ぽかんと口を開けて見入っていると、帽子越《ぼうしご》しに軽く頭を叩《たた》かれた。

「ぼうっとしてんと手を動かせ。そっちは手伝わんぞ」

「あ、はい！　ありがとうございます。助かりました」

慌てて礼を言った穂高は、再び草を引きはがしにかかった。全部取り払《はら》ってから、新品の雑巾《ぞうきん》をバケツの水に浸《ひた》す。きりりと冷たい水が心地好《ここちよ》い。

どこかへ行ってしまうかと思ったが、颯は立ったまま穂高を見ていた。

時折吹《ふ》いてくる涼《すず》しい風のおかげで、それほど暑さを感じない。蚊《か》も寄ってこない。もっとも、長袖長《ながそで》ズボンという服装で来たから刺《さ》される心配はないのだが。

涼しいのも蚊が寄ってこないのも、きっと颯さんがいるからだ。

しばらく黙々《もくもく》と作業していると、ふいに颯が口を開いた。

「和代が生まれた日は、ええ日和《ひより》やった。よう晴れた空に元気な産声《うぶごえ》が響《ひび》いたんを覚えてる。山桜が仰山咲《ぎょうさんさ》いとって、見事やった」

独り言に近い物言いに振り返る。

颯は穂高が掃除している見崎家の墓を見つめていた。更《さら》に隣《となり》の墓に視線を移す。

「川中《かわなか》の家の清助《せいすけ》は、食い意地が張ってる上に慌て者でな。死ぬまでに餅《もち》を五回も詰《つ》まらせよった。けど明るうて楽しい奴《やつ》やった」

琥珀色《こはくいろ》の目が、向かい側にある朽ちかけた墓石を見つめる。

「山手《やまて》の家のトラは子だくさんで、男ばっかり七人の子を産んだ。村を出た子もおったけど、残った息子《むすこ》らが村の田んぼを増やしたんや。おむすびを仰山握《にぎ》って持ってきてくれた」

颯はその隣にある雑草に囲まれた墓に視線をやった。

「末次《すえつぐ》の家の松吉《まつきち》は太鼓《たいこ》の名手やった。松吉と添《そ》うたミツは歌が上手《うま》かった。祭りのとき、松吉の太鼓とミツの歌声が聞こえてくると、胸が躍《おど》ったもんや」

手を止めて噛《か》みしめるような口調に聞き入っていると、颯は穂高に視線を向けた。

「おまえ、わしにしたら人が好き勝手した山が元に戻《もど》るだけかもしれんて言うたけど、それはしまうんや」

違《ちが》う。わしらは人がおってこそ生きられる。いや、おらんでも生きられるが、形がのうなって

「形がなくなる」

意味がよくわからなくて、穂高は首を傾げた。

颯もこちらを見つめ返してくる。木漏《こも》れ日を受けて金色に輝《かがや》く瞳《ひとみ》だけでなく、汗《あせ》ひとつかいていない滑《なめ》らかな肌《はだ》が、彼が人ではないと改めて知らせてくる。

「山神の颯ていう枠《わく》がのうなるんや。山に溶《と》けてしまう。わしを信じる村の人間はもうほとんど残っておらん。加えて前の夏、おまえが来んかったやろ。さすがのわしも狼《おおかみ》の姿を保つんが精一杯《せいいっぱい》やった」

そういえば初めて狼の颯に会ったとき、とても弱っているように見えた。野生動物の迫力《はくりょく》や鋭《するど》さが感じられなかったから犬だと思ったのだ。

「おまえが供え物をして拝んださかい、わしに力が戻った。わしに力が戻ったさかい、薫と太郎とマメとクリの形も戻った」

言葉を切った颯は、改めてこちらを向いた。

「人と山が共に生きる方法を知りたい言うたな。おまえがここにおれば、わしらもわしらとして生きられる。人であるおまえと共に、山で生きられるんや。そやから嫁《よめ》に来い」

穂高の話を聞いて、颯なりにいろいろと考えたらしい。

全く聞く耳持たずというわけではないのだ。

嬉しさを感じつつ、穂高は改めて颯に向き合った。

「颯さんたちが元気になるのは嬉しいですけど、やっぱり無理です」

「なんでや。おまえがやりたいことがやれるやないか」

「そうかもしれないけど、やりたいことの全部はやれません。全国にもここと同じような状《じょう》況《きょう》の里山がたくさんあります。僕が生きてる間だけじゃなくて、その先もずっと継続《けいぞく》していける方法を見つけたいんです」

颯にわかってもらうためにゆっくりとした口調で言うと、彼はあきれた顔をした。

「おまえは余所《よそ》の山の心配だけやのうて、先の心配までしてるんか」

「だって今の僕があるのは、里山を大事にしてきたご先祖様と、祖父《じい》ちゃんと祖母《ばあ》ちゃんのおかげなんです。その里山がなくなっちゃうのは、凄《すご》く寂《さび》しいし悲しい。そういう人、僕だけじゃなくて他にもいると思うんです。だからここだけじゃなくて全国の里山も残したい。森林科学を勉強したからってその方法が見つかるかどうかはわかりませんけど、勉強しないことには何も始まりません。だからとにかく今は大学で勉強したいんです」

颯が顔をしかめていることに気付いて、穂高は慌《あわ》ててすみませんと謝った。

気付かないうちに、たくさん話しすぎた。

「僕なんかに里山を守る方法を見つけられるかどうかもわかんないのに、生意気なこと言って。

あの、でも、そういうわけなんで結婚《けっこん》はできません。ごめんなさい」

もう一度頭を下げると、颯はため息をつく。

「おまえたちの孫は人のことばっかり考えてるか思たら、案外頑固《がんこ》やな」

墓石の反対側に誰《だれ》かが立っている気配がして、穂高はハッとした。

祖父がよく身につけていた灰色のズボンと、祖母がよく穿《は》いていた紺色《こんいろ》のもんぺが視界の端《はし》をかすめる。

「祖父ちゃん！　祖母ちゃん！」

墓の向こう側に踏み出したが、そこには誰もいなかった。ひんやりとした心地好い風が吹いているばかりだ。

勢いよく振《ふ》り返ると、颯は平然と佇《たたず》んでいた。

「は、颯さん、今、祖父ちゃんと祖母ちゃんがいましたよね……！」

いたな、と颯は事もなげに応じる。

「おまえのことが気がかりらしいて、彼岸《ひがん》からときどき様子を見に来る。ここはわしの力が強いさかい、おまえの目にも見える形をとれたんやろう」

「そっか……。様子、見に来てくれてるんだ……」

つぶやくと同時に、目の奥が唐突《とうとつ》に痛くなった。利那、どっと涙《なみだ》があふれ出す。

「うわ、あれ？　なんだこれ……」

自分でも予想外の涙に、穂高は慌てた。

自宅で倒《たお》れた祖父は祖母が看取《みと》った。祖母は村の人が遊びに来ていたときに倒れて、そのまま亡《な》くなった。二人とも静かに逝《い》ったと知っているのは、夢枕《ゆめまくら》に立ってくれたからだ。祖父も祖母も笑っていた。山神様が祖父ちゃんと祖母ちゃんを穏《おだ》やかに逝かせてくれた。ごく自然にそう思った。だから葬儀《そうぎ》で涙ぐみはしたものの、号泣《ごうきゅう》はしなかった。

しかしどんなに安らかな最期《さいご》だったとしても、この国の平均寿命《じゅみょう》を思えば早すぎる別れだった。

祖父ちゃんと祖母ちゃんに会いたい。凄く会いたい。けど、もう会えない。

でも、見守ってくれてる。

悲しいのか寂しいのか嬉《うれ》しいのか、自分でもよくわからなかったけれど、涙は次から次へとあふれてきた。どうしても止められず、首にかけていたタオルで目許《めもと》を押さえてしゃがみこむ。

颯が息を吐《は》く音が聞こえてきた。

「おい、泣くな。二人とも困ってるぞ」

はいと返事をしたかったが、うまく声が出なくて何度も首を縦に振る。

ふいに肩《かた》を強く抱《だ》き寄せられた。されるままに額を颯の広い肩に預けると、幼い子供にするようにぽんぽんと背中を叩かれる。

ぎこちないものの、思いがけず優《やさ》しい仕種《しぐさ》に、余計に涙が止まらなくなった。

「なんか、すみませんでした」

家へと続く道を歩きながら、穂高は前を行く颯に謝った。

何がや、と颯は素っ気なく応じる。

「凄く泣いちゃって……。祖父ちゃんと祖母ちゃん、夢枕に立ってくれたし、亡くなったんだってこと、ちゃんと受け入れられたと思ってたんですけど、そうじゃなかったみたいです」

ようやく涙が止まったのは十分くらいしてからだ。驚《おどろ》いたことに、颯はずっと背中を摩《さす》り続けてくれた。ぐずぐずになった顔を湧《わ》き水で洗った後も、乾《かわ》いた手拭《てぬぐ》いを貸してくれた。不思議とすっきりとした気持ちで墓の掃除《そうじ》を済ませる間も、傍《そば》にいてくれた。

「別に謝ることやない。あれだけ涙が出るいうことは相当溜《た》まってたんやろ。わしはおまえの泣き顔が見られて、なかなかおもしろかったぞ」

颯は笑いまじりに言う。

「おもしろいって、ひどいなあ」

そうは言いながらも嫌《いや》な気分ではなかった。

それどころか、胸の奥がくすぐったいような、不思議な感じがする。

自然と笑顔《えがお》になった穂高は、何でもいいから颯と話をしていたくて言葉を紡《つむ》いだ。

「昨夜《ゆうべ》うちに来たとき、山神様の部屋に入って覗《のぞ》くなって言いましたよね。どうしてですか？」

「あの部屋はわしの力が増幅《ぞうふく》しやすかったからな。あそこで金塊《きんかい》を出そうと思たんや」

「でも、今朝は普通《ふつう》に洗面所で出してましたよね」

「昨夜、おまえのおむすびを食べたおかげで少しずつ力が戻ってきてるさかい、今はもうどこででも出せるぞ。何やったら今出してやってもええ」

「いえいえ、出さなくていいです！　出さないでください！」

慌てて首を横に振ると、ハハ、と颯は声に出して笑った。

颯さんがこんな風に笑うの、初めて見たかも……。

凄くいい笑顔だ。もっと見たいと思ってしまう。

「まあ結局、おまえのおむすびにつられて耳を出してしもたんやけどな。おまえのおむすびはほんまに旨《うま》い」

「そうですか？　ありがとうございます」

しみじみと言われて、なぜか頬《ほお》が熱くなった。

今までにも、自作の料理を美味《おい》しそうに食べてくれる人を見て幸せな気持ちになった。褒《ほ》められたり礼を言われたりしたときは、嬉しくてたまらなかった。

けれど、こんな風に顔が火照《ほて》ったことはない。

熱に促《うなが》されるように、颯さん、と穂高は呼んだ。

「あの、傍にいてくださってありがとうございました」

颯は肩越《かたご》しに振り返った。琥珀色《こはくいろ》に輝《かがや》く瞳《ひとみ》は柔《やわ》らかく笑っている。

ドキ、と心臓が跳《は》ねた。

「なんや、わしに傍にいてほしいんか。それは結婚してほしいていうことか？」

「えっ！　や、あの、そういう意味で言ったんじゃないんですけど……」

しどろもどろになって口ごもる。なぜか顔だけでなく胸までもがじわりと熱くなった。

なんだこの反応、恥《は》ずかしい。

「ぬしさま、ときめきち、きた」

ふいに空から可愛《かわい》らしい声が聞こえてきて、穂高は驚いた。

颯の肩にとまったのは二羽《わ》の雀《すずめ》――クリとマメだ。

「急に出てくるな、クリ、マメ。トメキチはどうしてる」

「ぬしさまのおかえり、まってる」

「かおるとたろう、くさいのがまんして、しゃべってる。えらい」

「おまえらはトメキチの匂《にお》いに我慢《がまん》できんと逃《に》げてきたわけか」

笑いを含《ふく》んだ颯の言葉に、二羽は同時に不満の声をあげる。

「そやかて、とめきち、ほんまにくさいの」

「がまんするん、むり、むり」

ぷるぷると頭を振る様はたいそう可愛らしいが、本当に嫌がっていることは伝わってきた。

トメキチって誰だろう。

初めて耳にする名前だ。やはり眷属《けんぞく》なのだろうか。

颯さんを待ってるってことは、会う約束をしてたんだよな。

「僕がのんびりしてたせいで戻《もど》ってくるのが遅《おそ》くなっちゃって、すみません」

焦《あせ》って謝ると、颯は再び肩越しに振り返った。琥珀色の目が優しく細められる。

またしても、ドキ、と心臓が跳ねた。

「会う約束をしとったわけやない。向こうが勝手に来よったんやから気にするな。吉《きち》を留《と》めて書いて留吉《とめきち》、奴《やつ》は貉《むじな》や」

貉とはアナグマのことである。貉と狸《たぬき》は混同されることもあるけど別のもんや、山神様にお仕えしてはるんは貉さんやぞ、と祖父に教えてもらった。

「元は山の者《もん》やが、今は人里に下りて人として暮らしとる。いっつも勝手に来て勝手に帰りよるんや」

「えっ、颯さんと山から離《はな》れて暮らせるんですか？」

「ああ。留吉はもともと変わってるからな。留吉よりおまえの方がわしらに近いかもしれん」

「そんな、僕はただの人ですから」

恐縮《きょうしゅく》した穂高の視界に、祖父母の家に横づけされた大きな外車が入ってきた。穂高が乗ってきた庶民《しょみん》的なワゴン車とは違《ちが》って、緑一面の里山の光景から完全に浮《う》いている。

留吉さんてお金持ちなのか？

ていうか、どうやって人の中で暮らしてるんだろ。

大いに疑問に思いつつ颯と共に家へ入ると、上がり框《かまち》に見たことのない男が座っていた。

「主様！　お待ちしておりましたで。どこへ行ってはったんですか！」

大袈裟《おおげさ》な表情と仕種で言った男は、長めに伸《の》ばした髪《かみ》を明るい茶色に染めていた。光沢《こうたく》のある紫《むらさき》のシャツに白いスラックスを穿《は》いている。そうした出《い》で立ちが、特別整っているわけではないが派手な顔つきに合っていた。香水《こうすい》をつけているらしく、数メートル離れていてもムスクの香《かお》りが漂《ただよ》ってくる。

全体的に物凄《ものすご》く胡散《うさんくさ》臭い……。

呆気《あっけ》にとられていると、男は穂高に気付いた。やはり大仰《おおぎょう》に目を丸くする。

「これは見崎の。ちょっと見ん間に大きいなったなあ」

穂高に近付いてこようとする留吉の行く手を阻《はば》むように、颯は一歩前に出た。

「おまえが長いこと帰ってこぉへんから、急に大きいなったように見えるだけや。それに穂高はわしの嫁《よめ》になるて決まったさかい、礼を尽《つ》くせ」

偉《えら》そうな命令口調に、いやいやいや、と穂高は慌《あわ》てて首を横に振《ふ》った。

「嫁になるって決まったわけじゃないですから！」

「ああは言うておられるが、穂高様は半人半獣《はんじゅう》の主様のお耳を触《さわ》られたさかい」

口を出してきたのは、板の間に座っていた薫だ。物凄いしかめっ面《つら》である。

そうや、と薫の隣《となり》にいる太郎もありえないほどの仏頂面で応じた。

「近々祝言《しゅうげん》もとり行う。おまえも参列するんやぞ」

僕が嫁にならないって言ったから怒《おこ》ってる？

思わず体を硬《かた》くしたそのとき、颯の肩にとまっていたマメとクリが彼の袂《たもと》に潜《もぐ》り込んだ。

「くさい、とめきち、くさい」

「はあ？　どこが臭《くさ》いんや。ブランドもんの香水やぞ」

ムッとした様子の留吉を、薫と太郎はじろりとにらみつける。

「いや、臭《にお》うぞ、留吉」

「鼻がひん曲がりそうや。気分が悪い」

薫と太郎はとうとう鼻をつまんだ。どうやら穂高に腹を立てていたわけではなく、留吉がつけている香水の香りがきつすぎるせいで険しい表情になっていたようだ。

「留吉、外へ出ろ。うちの中に臭いがうつる。水でも浴びて臭いを落としてこい」

同じく顔をしかめた颯に、しっしっと追い払《はら》う仕種《しぐさ》をされ、留吉は眉《まゆ》を八の字に寄せた。

「主様までそんな冷たいこと言わはるんですか？　久しぶりに帰ってきたのにひどいやないですかぁ」

胸に手を当てて情けない声を出した留吉に、穂高は少し笑ってしまった。なんだか関西出身のコメディアンを見ているようだ。

胡散臭いのは間違《まちが》いないが、それほど悪い男だとは思えない。

「香りが悪いわけじゃないですよ。ちょっとつけすぎなんだと思います」

笑いを含んだ声で言うと、留吉はパッと顔を輝かせた。

「さすがは主様のお嫁様、ようわかっておられる。高級なもんやからてちまちま使うんは性《しょう》に合わんさかい、ぱあっと景気よう使《こ》てみたんですわ」

「僕は香水をつけたことがないからよくわかりませんけど、適量があると思いますよ」

「はあ、なるほど。適量ですか。今度から気ぃ付けますわ」

調子よく言った留吉の腹が、ぎゅるるるると盛大に鳴る。

ばつが悪そうに腹を押さえた留吉に、穂高は思わず笑った。

「朝に作り置きしておいたおむすびがあるんです。ちょうどお昼だし、それでよかったら一緒《いっしょ》に食べませんか？」

「よろしいんですか？　いやー、すんませんな、そしたらお言葉に甘えて」

いそいそと靴《くつ》を脱《ぬ》ごうとした留吉の首根っこを、颯が背後から片手でつかまえた。確実に百七十センチはある男を、そのまま難なく片手で持ち上げる。うわわわわ、と声をあげた留吉にかまわず、颯は彼をぽいと外へ放《ほう》り出した。

丸められた紙屑《かみくず》が地面に落ちるように、留吉は派手な尻《しり》もちをつく。

「いてててて、何しはるんですか、主様!」

「臭いを落としてこいて言うたやろが。飯はそれからや」

留吉は尻を摩《さす》りながら、はいはいと返事をする。

「わかりましたわかりました。そしたら水浴びてきますよって」

唖然《あぜん》としている穂高に笑顔《えがお》で会釈《えしゃく》した留吉は、身軽に立ち上がって裏の山の方へと駆《か》け出した。颯はその後ろ姿を眉間《みけん》に皺《しわ》を寄せて見送る。

「あの、ちょっと乱暴じゃないですか? あんなにしなくても……」

遠慮《えんりょ》がちに言うと、じろりとにらまれた。

「あいつには乱暴でちょうどええんや。帰ってきたってろくなことをせんのやからな」

不機嫌《ふきげん》な物言いに、背後にいた薫と太郎がなぜか小さく笑う。

その気配を察知したらしい颯は、二人をじろりとにらんだ。

「何を笑《わろ》てる。笑うな」

すんません、と薫と太郎は同時に首をすくめる。

や、それもそんなに怒らなくても。

呆気にとられている間に、颯は家の中へ足を向けた。穂高を一顧《いっこ》だにせず、恐《おそ》らくわざと薫と太郎の間を通って板の間に上がる。

すると薫と太郎が、堪《こら》えきれなくなったようにまた小さく笑った。

何がおかしいんだろ？

首を傾《かし》げて薫と太郎を見ると、薫は口許《くちもと》に笑みを浮かべたまま声をひそめて言った。

「穂高様が留吉に優《やさ》しいしはったさかい、主様はヤキモチを焼いておられるんですよ」

「よほど穂高様のことを気に入ってはるんですな」

感心したように頷《うなず》いた太郎と共に、薫は板の間の上座に胡坐《あぐら》をかいた颯を見遣《みや》った。穂高もつられて颯に視線を向ける。

両の膝《ひざ》にそれぞれクリとマメを乗せた颯は、やはり仏頂面のままだ。

やきもちって、焼いた餅《もち》じゃなくて、やっぱりあのやきもちだよな。

嫌《いや》な気持ちはしない。それどころか頬《ほお》が熱くなる。胸の奥もくすぐったくなった。

「おや、穂高様、お顔が赤《あこ》うございますな」

薫の指摘《してき》に、穂高は慌てた。

「や、そんな、全然赤くないですよ！　皆《みな》さんもおむすび食べますよね。すぐ用意しますから！」

一気にそこまで言って台所へ向かう。

将来、やりたいことがある。簡単に譲《ゆず》れるものではない。

それ以前に、颯と穂高は神様と人だ。しかも男同士である。結婚《けっこん》はできない。

でも、颯さんのことは嫌《きら》いじゃない。


戻《もど》ってきた留吉も含《ふく》め、皆で昼食を食べた。

留吉は白米を握《にぎ》っただけのおむすびではなく、なんとカップラーメンを食べた。颯たちは苦々しい面持《おもも》ちで留吉の食事を見ていた。カップラーメンは神に連なる者が口にすべきものではないのだろう。しかも水を浴びたらしいのに、香水の匂《にお》いはあまり薄《うす》まっていなかった。

しかし旨《うま》そうにラーメンをすする留吉に、悪びれた様子は全くなかった。

なんだろう、あの図太さっていうか打たれ強さは……。

さすがは人の中で、人として暮らしているだけのことはある。

「穂高様、ご馳走《ちそうさま》様でした」

背後から声をかけられ、台所で洗い物をしていた穂高は肩越しに振り返った。

歩み寄ってきたのは留吉だ。ニコニコと笑みを浮《う》かべているが、それが余計に胡散臭い。

「たいした物じゃなくてすみません。あの、僕のことは様付けじゃなくて穂高さん、て呼んでもらっていいですから」

「そういうわけにはいきません。主様の奥方様やったら様付けで呼ばんと。しかし主様はええ方を娶《めと》られましたな。料理は上手《うま》いし気ぃはきくし言うことなしや。ところで、見崎の家やら土地やら山やらは、穂高様が相続してはるんですか」

娶られてません、と否定しようとした穂高を遮《さえぎ》るように、留吉はどんどん言葉を重ねた。

神様とは無縁《むえん》であろう、相続という単語に戸惑《とまど》いつつ答える。

「や、相続は父と伯父《おじ》と伯母《おば》がしましたから、名義はその三人になってますけど……」

「あれ、そうなんですか。人間社会的にはまだ穂高様の所有物やない、と。なるほどなるほど。けど主様と結婚されるんやから、穂高様がこの家にお住まいになるいうことですよね」

「いえ、夏休みが終わったら帰ります。颯さんとは結婚しませんから」

「しかし主様の耳を触られたんでしょう」

「それは、そうなんですけど……」

穂高が口ごもったそのとき、おい、と板の間から声がした。

険しい顔をした颯が、じろりと留吉をにらむ。

「穂高に何を吹《ふ》き込んでる」

「吹き込むて、人聞きが悪いですなあ。世間話をしてただけです」

やはり悪びれずに答えた留吉は、ニッコリと笑った。

「久しぶりに山の様子を見てきますわ。夕方には戻ってきますよって」

留吉はペコリと頭を下げてから踵《きびす》を返した。ザ、ザ、と山の方へと歩いて行く足音は、二足歩行の人間のものだ。獣《けもの》の姿にはならないらしい。

留吉さんてほんとに貉なのかな……。

「留吉に何を言われた」

歩み寄ってきた颯に不機嫌な声のまま尋《たず》ねられ、穂高は慌《あわ》てて首を横に振《ふ》った。

「この家と土地と山は僕のものなのかって聞かれただけです。あと、この家に住むのかって聞かれました。変なことは言われてませんから」

ふうん、と颯は小さくうなった。

「留吉が言うことは、あんまりまともに聞くな。詳《くわ》しいことは知らんが、あの様子やとまっとうな仕事はしとらんやろう」

怒《おこ》ったような、しかしどこか心配そうにも聞こえる口調に、そうですね、と穂高は頷いた。

薫さんと太郎さんはヤキモチだって言ってたけど、違《ちが》うんじゃないかな。

留吉を厄介者《やっかいもの》扱《あつか》いする一方で、人の世での彼の暮らしを気にかけているのだ。心配なのはむしろ留吉の方で、穂高ではない気がする。

なんかちょっと、ほんとにちょっとだけど、がっかりした……。

「どうした、穂高。気分でも悪いんか？」

横から覗《のぞ》き込まれ、穂高は慌てて首を横に振った。

「いえっ、大丈夫《だいじょうぶ》です」

「ほんまか？」

はい、と大きく頷いてみせる。

なんでほんのちょっとでもがっかりしてるんだ、僕は。

離《はな》れて暮らしていても、留吉は颯にとって身内には違いない。心配して当然だ。

「具合が悪いんやったら、後の片付けはわしがしよう。ほら、貸せ」

穂高が持っている布巾《ふきん》と皿に手を伸《の》ばしてきた颯は、どこまでも真面目《まじめ》な顔をしていた。本気で後片付けをしようとしているらしい。

穂高は勢いよく首を横に振った。

「もうすぐ終わりますから大丈夫です！　山神様にそんなことさせたらバチが当たります！」

「わしがやると言うてるんや、バチを当てるわけなかろう」

「そうかもしれないけど、だめです、あっちで休んでてください。だめですって！」

強引《ごういん》に布巾を奪《うば》おうとする颯をキッとにらむ。

すると颯は不満げに眉《まゆ》を寄せた。

「人は手伝うと嬉《うれ》しいんと違うのか」

「それは嬉しいですけど、颯さんは例外です。逆に気を遣《つか》うんであっちに行っててください」

板の間を指さすと、颯は眉を寄せたまま、渋々《しぶしぶ》、という風に板の間に戻っていく。

穂高は思わず胸を撫《な》で下ろした。

急に後片付けを手伝おうとするとか、神様ってやっぱりよくわかんないとこがあるな……。

ふうと息をついた穂高は皿を棚《たな》にしまい、布巾を吊《つ》るした。そして何気なく土間の隅《すみ》に置いておいた米の袋《ふくろ》を見遣る。

今朝、半分くらいまで減ったはずのそれは、パンパンに膨《ふく》らんでいた。

「！」

穂高は袋に飛びつき、埃《ほこり》が入らないように留めておいた洗濯《せんたく》バサミをとった。

米は袋を開けたばかりの状態のように満杯《まんぱい》になっていた。颯にもらった木製の枡《ます》が、完全に米に埋《う》まっている。

「は、颯さん！　お米が！」

台所から板の間へ上がると、そこには胡坐をかいた颯だけしかいなかった。薫も太郎もクリもマメもいない。

「あれ？　他《ほか》の皆は？」

「外へ出た。それより米がどうした」

「あ、そうそう！　米が袋にいっぱいになってたんですよ！」

興奮を抑《おさ》えきれずに早口で言う。

颯はあきれたような顔をした。

「米を増やす桝を入れといたんやから、増えて当たり前や」

「当たり前じゃないですよ！　凄《すご》いです！　残りを気にしないで炊《た》けますよ！　いっぱいおむすび作りますから、いっぱい食べてくださいね！」

両の拳《こぶし》を握りしめると、颯はゆっくり瞬《まばた》きをした。

あれ、引いてる？

颯にとっては桝が米を増やすのは当然のことだから、穂高のテンションの高さが理解できないのかもしれない。一人で盛り上がっているのが急に恥《は》ずかしくなってきて、穂高はごまかし笑いをした。

「あの、普通《ふつう》はお米って増えたりしないんですよ。食べたらなくなっちゃうんです」

「そんなことはわかっとる。こっちへ来い」

横柄《おうへい》に手招きされ、穂高は颯に歩み寄った。見下ろすのも失礼かと思って、少し離れた場所に腰《こし》を下ろす。すると颯はまた犬猫《いぬねこ》でも呼ぶように手招きした。

もっと近くに寄れってこと？

座ったままいざり、膝《ひざ》が触《ふ》れるか触れないかの場所へと移動する。

「なんですか？」

首を傾《かし》げて問うと、颯は穂高の腕《うで》をつかんだ。強い力に負けてバランスを崩《くず》した体を、難なく抱《だ》き寄せられる。

驚《おどろ》いている間に肩《かた》を抱かれ、わしわしと頭を撫でられた。

「あ、あの……、なんですか……?」

「知らん」

不機嫌《ふきげん》な物言いに唖然《あぜん》としながらも嫌《いや》な気分ではなかった。

シャツ越《ご》しに伝わってくる低めの体温は気持ちがいい。鼓動《こどう》が伝わってくるのもいい。颯の体の匂《にお》いだろうか、甘いような、それでいて爽《さわ》やかな木の香《かお》りがするのも快い。頭を撫で続ける掌《てのひら》の感触《かんしょく》も心地《ここち》好《よ》い。

こうやってくっついてると普通の人間みたいだ。

それに、随分《ずいぶん》前——子供の頃《ころ》にもこの匂いを嗅《か》いだ気がする。

あれは何の匂いだったっけ?

「おまえは、ようわからんな」

すんすんと匂いを嗅いでいると、幾分《いくぶん》か柔《やわ》らかく感じられる声がつぶやいた。

低い声が触れ合った場所から直接伝わってきて、どぎまぎする。

「そ、そうですか? けっこう、わかりやすいと思いますけど……」

「いや、わからん。わしが今まで関《かか》わった人間とは違う。わからんさかい、もやもやする」

神様でもわからなかったり、もやもやしたりするんだ。

そんなことを考えている間も、颯の手は穂高の頭を撫で続ける。指先で髪《かみ》を弄《いじ》られているのが伝わってきた。引っ張ったりはしない。慈《いつく》しむような優《やさ》しい触れ方だ。

もやもやって言っても、怒ったり嫌《きら》ったりしてるわけじゃないんだな。

嫌われてないんだったら、いいか。


その日は結局、留吉は戻《もど》ってこず、颯と太郎、薫、マメ、クリで夕食を食べた。また、日が明けても留吉の姿はなく、やはり彼抜《ぬ》きで朝食をとった。

昨夜《ゆうべ》も今朝も、たくさん握《にぎ》ったおむすびはあっという間になくなった。

颯の横で自分用のおむすびを食べる穂高を見て、太郎と薫はニコニコと笑っていた。マメとクリも嬉しげに颯と穂高の間を行ったり来たりした。穂高自身も、この家ではもう二度と味わうことはないだろうと思っていた賑《にぎ》やかな食卓《しょくたく》が嬉しかった。

颯さんも嬉しそうだったな。

薫と太郎に手伝ってもらって――固辞したけれど、二人がかりで押し切られてしまった――後片付けを終えた穂高は、顔がうっすらと熱くなるのを感じた。

昨日、抱き寄せられて頭を撫でられてから、こちらを見る琥珀色《こはくいろ》の瞳《ひとみ》が柔らかくなった気がする。口調や態度が偉《えら》そうなのは変わらないが、その眼差《まなざ》しはひどくくすぐったい。

「穂高」

呼ばれて、穂高は慌《あわ》てて振《ふ》り返った。

漆黒《しっこく》の着物を纏《まと》った颯が立っている。太郎と薫はいつのまにかいなくなっていた。

「今日は何をするつもりや」

「ええと、今日は、納屋《なや》の整理をしようと思ってます」

穂高は早口で答えた。ちょうど颯のことを考えていたので、更《さら》に顔が熱くなる。

整理するついでに何がどれだけあるかを書き出しておいてくれと、従兄《いとこ》に頼《たの》まれているのだ。

祖父も祖母も物をたくさん持つことを良しとしなかったため、二人の遺品はそれほど多くない。

しかし先祖代々伝わってきた物が意外と残っている。

「それは急いでせなあかんのか」

眉をひそめた颯に、いえ、と穂高は首を横に振った。

「まだ時間はありますから、そんなに急がなくてもいいんですけど」

「そうか。そしたらちょっとわしに付き合え」

「はい、わかりました」

頷《うなず》いてみせると、颯は驚いたように目を見開いた。

「なんですか？」

「いや。素直《すなお》に行くて言うとは思わんかったさかい」

「それは、その、昨日、お墓参りに付き合ってもらったから……。草も除《よ》けてもらったし、泣いちゃったときに傍《そば》にいてもらったし……」

穂高はぼそぼそと答えた。子供のように泣いてしまったのを今更《いまさら》思い出して、また頬《ほお》の温度が上がる。

穂高の顔が真っ赤になっていることに気付いたらしく、颯は犬歯を見せて笑った。

「気にするなて言うたやろ」

「や、でも気にしますよ……」

口ごもったそのとき、主様、穂高様、と呼ぶ声がした。台所のすぐ横にある裏口から入ってきたのは、シャツにスラックスという格好の留吉だ。なぜかにやにやと笑っている。

「おやおや、仲がよろしいことで。穂高様、結婚《けっこん》せぇへんて言うてはりましたけどラブラブやないですか」

「何の用や、留吉」

不機嫌そのものの声で尋《たず》ねた颯に、おおこわ、と留吉はふざけたリアクションをとった。それだけの仕種《しぐさ》で、香水の香りが鼻をつく。今日もたくさんつけているらしい。

「ほんまのこと言うただけですやんか、そない怒《おこ》らんでも。わし、ちょっと出かけてきますわ。ここら一帯圏外《けんがい》ですやろ。連絡《れんらく》がとれるとこまで行ってきます」

留吉が振ってみせたのはスマートフォンだった。穂高も持っていない最新型だ。

颯はふんと鼻を鳴らした。

「またその珍妙《ちんみょう》な機械に振りまわされてんのか。ええからさっさと行け」

「はいはい、わかりました。そしたらまた！」

明るく言って、留吉は踵《きびす》を返した。車のドアが閉まる音がしたかと思うと、遠ざかるエンジン音が聞こえてくる。

留吉さん、ちゃんと免許《めんきょ》持ってるんだろうか……。

そんなどうでもいいようなことを考えていると、穂高、とまた呼ばれた。

「行くぞ」

「あ、はい。でも行くってどこへですか？」

「手を出せ」

はあと頷いて手を差し出すと、すかさずつかまれた。わずかにひんやりとした指が、しっかりと握ってくる。人の手と変わらない感触だ。

「目を閉じろ」

素直に瞼《まぶた》を下ろした次の瞬間《しゅんかん》、びゅう、と音をたてて冷たい風が吹《ふ》いた。

ほんの一瞬《いっしゅん》、足元が浮《う》いた感じがした後、肌《はだ》に触れる空気が明らかに変わった。祖父母の家の周囲も空気はきれいだが、それよりももっと清涼《せいりょう》で澄《す》んでいる。

「目ぇ開けてええぞ」

颯の声が聞こえると同時に手が離《はな》れ、穂高はゆっくり瞼を持ち上げた。

いつのまにか、祠《ほこら》の前に立っていた。

一瞬で移動したことにも驚いたが、それ以上に、目の前の光景に驚く。

一昨日《おととい》とは全然違《ちが》う……！

祠の後ろに立つ巨木《きよぼく》の緑が躍動していた。巨木だけではない。周囲の緑も勢いが違う。植物が生きているのは当たり前だが、今にも意思をもって動き出しそうだ。

祖父《じい》ちゃん祖母《ばあ》ちゃんと一緒《いっしょ》に来てたときは、こんな感じだった気がする。

小学生の頃、祠に来る度《たび》に緑に圧倒《あっとう》された。自分が子供で体が小さかったから、より自然が雄大《ゆうだい》に感じられたのだと思っていたが、どうやら違っていたようだ。

ぽかんと口を開けて見惚《みと》れていると、颯が笑った。

「どうや。凄《すご》いやろう」

「ほんとに、凄いですね……。なんで一昨日とはこんなに違うんですか？」

「おまえが来て神棚《かみだな》におむすびを供えて、わしらにもおむすびを食べさせたからや」

「え、そんなことが原因なんですか」

「ああ。言うたやろう、人がわしらを信じる心が、わしらの力になる。わしらの力は、山の力そのものや。これでもまだ半分くらいの力しか戻ってきてへん」

颯は巨木を見上げた。生《お》い茂《しげ》る葉の隙間《すきま》から降り注ぐ光が、精悍《せいかん》な横顔を照らす。琥珀色の瞳にも木漏《こも》れ日が映り込み、キラキラと輝《かがや》いた。

きれいだなあ……。

今度は緑ではなく颯に見惚れてしまう。

全《すべ》ての力を取り戻した彼は、きっともっと荘厳《そうごん》なのだろう。

だって神様だもんな。

颯に倣《なら》って緑を見上げると、颯の視線がこちらに向くのがわかった。

「嬉《うれ》しいか？」

唐突《とうとつ》に問われて、え？　と思わず声をあげる。視線を下ろした途端《とたん》、目が合った。

琥珀色の瞳が柔《やわ》らかく細められていて、ドキ、と心臓が跳《は》ねる。

「あの、嬉しいかって……？」

幾分《いくぶん》か間の抜けた声で問い返すと、颯は眉《まゆ》を寄せた。

「なんや、嬉しいないんか。おまえが子供やった頃《ころ》の山に近い山が見られたら、おまえが喜ぶと思たのに」

まさか、僕を喜ばせるためにここへ連れてきてくれたのか？

刹那《せつな》、胸の奥が痺《しび》れるように熱くなった。

どうしよう。嬉しい。

この風景を見られたことはもちろん嬉しいが、それよりも颯の気持ちが嬉しい。

「あ、あの、嬉しいです！」

「ほんまか？」

「ほんとです。連れてきてくれてありがとうございます」

ペコリと頭を下げると、颯はようやく眉間《みけん》の皺《しわ》を消した。満足げに笑って胸を張る。

「まあ、これくらいどうっちゅうことない。もっと昔は、もっと凄かったんやけどな。そこまでいってしまうと、おまえが知ってる山とはまた違うもんになってしまうから」

そこまで言って、颯は再び緑に視線を戻《もど》した。ただ黙《だま》って慈《いっく》しむ眼差《まなざ》しを山に向ける。

良い物を見せてやったんだから嫁《よめ》に来いって言われるかと思ったのに、言わないんだ……。

思い返せば昨日、食事の後片付けを手伝おうとしてくれたときも、嬉しくないのかと聞かれた。嫁に来させるための交換《こうかん》条件のようなものではなく、純粋《じゅんすい》に穂高を喜ばせたいと思っているらしい。

うわ、ほんとに凄く嬉しい。

「あの、颯さん、僕、もう少し先も見てきます！」

これ以上ないくらい熱くなった顔を颯に見られるのが恥《は》ずかしくて、穂高は勢いよく歩き出した。

「気ぃ付けろよ」

背後から笑いを含《ふく》んだ優《やさ》しい声が聞こえてきたが、颯自身は追ってこない。穂高が真っ赤になっていること、それを恥ずかしがっていることに気付いているようだ。敢《あ》えて放《ほう》っておいてくれるところに、また胸が熱くなってしまう。

首筋まで赤くなっているのがわかって立ち止まれず、穂高は更《さら》に歩を進めた。

祠にお供え物を持っていくのが目的だったせいだろう、祠の先へはほとんど行ったことがない。小学二年か三年の夏休みに一度行ったきりだ。

あのとき、祖父は山神様のご神体に祖母が作った新しい服を着せていて、穂高はそれが終わるのを待っていた。手持ち無沙汰《ぶさた》だったこともあり、一人奥へと足を踏《ふ》み入れたのだ。

確か、きれいな滝壺《たきつぼ》があった気がする……。

清澄《せいちょう》な水の音に惹《ひ》きつけられるように上へと登る。

大きな岩を避《よ》けて通ると、一気に視界が開けた。白い飛沫《しぶき》をあげる滝が目の前に現れる。

高低差は五メートルほどだろうか。滝壺を満たす水は驚《おどろ》くほど透明《とうめい》だが、周囲の木々を映し出しているせいで深い緑色に見えた。生い茂る緑と滝の白のコントラスト、そして木漏れ日が作り出す小さな虹《にじ》は、息を呑《の》むほど美しい。

「凄い……！」

思わず声をあげた穂高は、前に踏み出した足が宙を泳ぐのを感じた。

石があると思ったそこには、石どころか地面もない。

「うわっ……！」

落ちる！　と思った次の瞬間、全身をしっかり抱《だ》き留められた。鼻先をくすぐったのは、濃《こ》い緑の中にいてもはっきりわかる爽《さわ》やかな木の香《かお》りだ。

反射的に閉じた目を開けると、颯の顔がすぐ近くにあった。

「何やってる！　もうちょっとで落ちるとこやぞ！」

「す、すみません。地面があるように見えたんですけど……」

物凄《ものすご》い剣幕《けんまく》で怒られて慌《あわ》てて謝った穂高は、自分たちが滝壺の上にいることに気付いた。

穂高を楽々と横抱きにした颯の足は、地についていない。だからといって水面にもついていない。

穂高は咄嗟《とっさ》に颯の胸にしがみついた。

「は、颯さん、うい、浮いてる……！　浮いてます！」

「それがどうした。全くおまえは……。また花に見惚れてたんか？　足元をよう見て歩け」

――あ、小学生のときにも同じこと言われた。

滝の脇《わき》にきれいな白い花が咲《さ》いていた。近くで見てみたくて滝壺をまわり込もうとしたとき、足を滑《すべ》らせたのだ。あのとき、誰《だれ》かに抱《かか》えられて助けてもらった。

何してる、足元をよう見て歩け。

しがみついた体から発せられたのは、低く響《ひび》く声だった。そして甘いような、香《こう》ばしいような木の香りが鼻腔《びこう》をくすぐった。

「あれ、颯さんだったんですね！」

「あれて何のことや」

「十年くらい前、僕が滝壺に落ちそうになったのを助けてくれたでしょう」

うん？　と首を傾《かし》げつつ、颯は地面の方へ移動した。

揺《ゆ》れもしないし音もしない。実に滑《なめ》らかな平行移動だ。

「そんなこともあったな。あのときもおまえ、浮いてる浮いてるてうるさかった」

「普通《ふつう》、人は浮かないんですよ。だからびっくりして……」

当時と同じ状況《じょうきょう》に置かれたせいか、記憶《きおく》が甦《よみがえ》ってくる。

地面にそっと下ろされ、穂高は助けてくれた人物を見上げた。そこには黒い着物を纏《まと》った男がいた。まだ小さかったせいだろう、とんでもない大男だと思った。誰だか知りたくて目を凝《こ》らしたけれど、逆光のせいで顔立ちはよくわからなかった。

ありがとうございましたと頭を下げると、大きな手でわしわしと頭を撫《な》でられた。

山神様ですか？　と尋《たず》ねたそのとき、穂高！　と呼ぶ祖父の声が聞こえてきた。

祖父《じい》ちゃん、こっち！　山神様だよ！　山神様が助けてくれた！

声がした方へ答えてから、再び正面に向き直ると、そこにはもう誰もいなかった。

「祖父ちゃんに山神様に助けてもらったんだって言ったら、それ自体は否定されなかったけど、

一人で滝壺に近付いたことを凄《すご》く叱《しか》られました。祖父ちゃんがあんなに怒《おこ》ったのは初めてだったから、そっちの方が印象に残ってて、山神様に助けてもらったのは夢だったのかなって思うようになったんです。場所が場所だったから転んだか何かで気を失って、山神様の夢をみたのかもって」

「益男《ますお》は後で礼を言いに来たぞ。孫を助けてくださってありがとうございますて、何べんも頭下げとった」

「そうなんだ……」

益男は祖父の名前だ。今更《いまさら》だが祖父に申し訳なく思う。しかし嬉しくて懐《なつ》かしい。

「子供やないんや、気ぃ付けろ」

言いながら、颯はやはり音もなく地面に降り立った。

十年前と同じで厳しい物言いだったが、声は優しい。地面に下ろしてくれる仕種《しぐさ》も優しい。

「ありがとうございます。すみませんでした」

名残惜《なごりお》しさを感じつつ、穂高は颯の胸元《むなもと》をつかんでいた手をそろそろと下ろした。

しかし颯は離《はな》れない。腕《うで》が触《ふ》れるほど近い位置に立ったままだ。

不思議に思って見上げると同時に、左の頬《ほお》を掌《てのひら》で包まれた。わずかにかさついた親指で、頬骨の辺りをこすられる。

「汚《よご》れとる」

「あ、すみません」

黄金に輝《かがや》く瞳《ひとみ》と目が合った。

バチ、と音がしたような気がしたときには、颯の顔がすぐ近くにあって唇《くちびる》を塞《ふさ》がれていた。

柔《やわ》らかなそれは、そっと触れただけで離れる。

驚きのあまり目を見開いたままでいる穂高に、颯は顔をしかめた。

「目ぇぐらい閉じんか」

「え？　あ、はい、すみません」

思わず謝ると、颯は小さく笑った。そして何事もなかったかのように滝壺を振《ふ》り返る。

「ここがこの山で一番湧《わ》き水が豊富なんや。いつ見ても美しい」

颯の言うように滝壺は美しかったが、穂高はそれどころではなくなっていた。

顔から耳から首筋から、カアッと熱くなる。

今の、キス、だよな？

神様とはいえ、男にキスされた。颯には本当に男女のこだわりはないようだ。

僕も、全然嫌《いや》じゃなかった……。

再び一瞬《いっしゅん》で祖父母の家に戻ってきた穂高だったが、颯に手をつかまれただけで真っ赤になってしまった。うつむけた顔を上げられないでいると、大きな掌が優しく頭を撫でてきた。

わしはちょっと出かけてくるからな。

え、どこへ行くんですか？

思わず顔を上げた穂高に、颯は少し驚いたような顔をしたものの、金の目を細めて微笑《ほほえ》んだ。

山を見まわってくるだけや。夕方までには戻《もど》る。心配するな。

低く甘い声で囁《ささや》いて、颯は穂高の額に唇を押し当てた。ドキ、と心臓が滑稽《こっけい》なほど跳《は》ねてきつく目を閉じた隙《すき》に、その姿はかき消えていた。

あのキスも、全然嫌じゃなかった。

それどころか柔らかな感触《かんしょく》を思い出しただけで顔中が熱くなり、そろって夕食をとっている間、平静を保つのに苦労した。ちなみに留吉は戻ってこなかったので彼抜《ぬ》きの夕食だった。

おやすみなさいと挨拶《あいさつ》をして畳《たたみ》の部屋に引っ込んだものの、案の定、なかなか眠《ねむ》れなかった。

ちゃんと夕方には戻ってきた颯が隣《となり》の部屋で眠っていると思うと、余計に目が冴《さ》えてしまった。

高校のときに付き合った女の子とは、手はつないだけれどキスはしなかった。だから昼間のキスがファーストキスだ。

僕の初めてのキスが、颯さんとしたあのキスだ。

改めてそんな風に考えても、やはり少しも嫌ではなかった。

時間が経《た》てば嫌悪感《けんおかん》が湧いてくるかと思ったが、日を跨《また》いで夜が明けて、皆と一緒《いっしょ》に朝食をとった後になっても、その感覚は変わらなかった。

どうしよう。なんか凄く恥《は》ずかしい。

「穂高」

ふいに呼ばれて、納屋《なや》にいた穂高は思わず飛び上がった。

振り返った先にいたのは、今日も漆黒《しっこく》の着物を纏った颯だ。

「どうした。整理するんか？」

「や、あの、いえ、今日は整理じゃなくて、ちょっと、あの、捜《さが》し物を……」

しどろもどろになった穂高を、颯は優《やさ》しく見つめる。

「何を捜してるんや。わしも一緒に捜したる」

「や、いいです、大丈夫《だいじょうぶ》です。もう見つかったんで」

「何を見つけたんや」

「あの、祖父ちゃんの釣《つ》り竿《ざお》を……」

嘘《うそ》ではない。捜していたのは祖父が使っていた手作りの竹竿だ。つい先ほど、納屋の片隅《かたすみ》で埃《ほこり》をかぶっていたのを見つけた。

「なんや、魚を捕《と》りに行くんか。それやったらわしも行こう」

「や、あの、一人で行ってきます。颯さんはゆっくりしててください」

穂高は力いっぱい首を横に振った。魚を釣りに行くというのは口実だ。本当は、颯と一つ屋根の下にいることがいたたまれなくて、とにかく外へ出ようと思った。

颯さんを見ると、どうしても唇に目がいっちゃうから……。

やや薄《うす》めの形の良い唇にキスされたのだと意識してしまう。

今も意識しすぎて颯の顔をまともに見ることができない。

「あ、あのっ、お昼には帰ってきますから、じゃ、行ってきますね！」

顔が赤くなっているのを感じつつペコリと頭を下げた穂高は、颯の横をすり抜けて納屋の外へ出た。

顔はうつむいて隠《かく》せても耳までは隠せない。真っ赤になった耳から穂高の気持ちを察したのか、あるいは他《ほか》に理由があるのか、颯は追いかけてこなかった。かわりに背中に向けられたのは甘い眼差しだ。

「気ぃ付けて行けよ。昨日みたいに足を滑《すべ》らせるな」

振り向くことができないかわりに、はい！と大きく返事をする。

もうなんかやっぱり、物凄《ものすご》く恥ずかしい……。

穂高は顔の熱を振り払《はら》うように、山に沿った細い道を早足で歩いた。

穂高が目指したのは、祠《ほこら》がある方角とは反対の方角にある小さな川だ。祠の近くを流れる川の方が水が豊富で魚もたくさんいるけれど、昨日、颯にキスされた場所へ行くことはできなかった。せっかく外へ出たのに、キスを思い出す場所へ行くなんて本末転倒《ほんまつてんとう》である。

子供の頃《ころ》、祖父に連れられて従兄弟《いとこ》たちとよく通った道だが、人がほとんど使わなくなったせいだろう、雑草が生《お》い茂《しげ》っていて歩きにくかった。里山が失われつつあることを改めて実感して寂《さび》しい気持ちになる。

でも、最近誰《だれ》か来たみたいだ。

雑草が踏《ふ》まれた跡《あと》が、ちらほらと見受けられた。歩いたのは一人ではない。恐《おそ》らく二人だ。村出身の人が来たのかもしれない。

村の子供らや村に遊びに来た子供らが水遊びをするのは、それほど山の奥へ行かなくてもいい小川が主だった。穂高と従兄弟たちも、何度も遊びに来た。

祖父に釣り竿の作り方を教わり、皆で手作りした。それを使って魚を釣ったが、なかなかからず、誰が一番たくさん釣れるか競争したものだ。ようやく釣れた魚が白銀色に輝いていたことをよく覚えている。夜、蛍《ほたる》を見に行ったのも小川だ。闇《やみ》の中で無数の光が点滅《てんめつ》する様は、夢のような光景だった。普段《ふだん》は騒《さわ》がしい従兄弟たちも、ぽかんと口を開けて見入っていた。

今は夏休みだ。かつて穂高たちと同じように小川で遊んだことがある誰かが、懐かしくてやって来たのかもしれない。

自然と笑顔《えがお》になったものの、焦《こ》げ臭《くさ》いような臭《にお》いが鼻先をかすめて穂高は眉《まゆ》を寄せた。

何の臭いだろう。煙草《たばこ》っぽい。

歩を進めるごとに臭いがきつくなってきて、思わず駆《か》け出す。

こんな強い臭い、煙草じゃない！

走って走ってたどり着いた場所は、目当ての小川へと続く脇道《わきみち》だ。そこには寿命《じゅみょう》を迎《むか》えたのか、あるいは雷《かみなり》に打たれたのか、大きな木が道を塞ぐように倒《たお》れていた。その大木になぎ倒されたのだろう、周囲の木も何本か折れて倒れている。

地面に伏《ふ》したそれらの木々が、パチパチと音をたてながら炎《ほのお》をあげていた。辺りには白い煙《けむり》が立ち込めている。

「っ……！」

息を呑《の》んだ穂高は、思わず周囲を見まわした。誰もいない。

小川が流れているおかげで空気が湿《しめ》っているとはいえ、ここ数日は全く雨が降っていない。自然発火するほどの乾燥《かんそう》ではないが、例年より湿度《しつど》が低いとニュースで報道していた。炎の力は侮《あなど》れない。山火事になるかもしれない。

山が燃えてしまったら、塒《ねぐら》にしている動物たちが困る。小川の蛍も死んでしまうだろう。山の中にある様々な思い出の場所もなくなってしまう。

早く消防署に連絡《れんらく》しないと！

踵《きびす》を返そうとしたそのとき、ふいに炎が燃え上がった。火の粉が勢いよく散らばり、帽子《ぼうし》やTシャツにまで飛んでくる。

慌《あわ》てて帽子をとり、火の粉を払っている間に、濃《こ》い煙に取り囲まれた。

ゴホゴホとむせる。熱い。目が痛い。涙《なみだ》が出てくる。

どうにか火の粉を払って顔を上げると、炎は更《さら》に大きくなっていた。倒れて枯《か》れた木は、そのほとんどが火に包まれている。枝葉を燃やした炎は、とうとう周囲の生木にまで移っていた。

とにかく離《はな》れないと！

よろよろと歩き出した穂高の行く手を遮《さえぎ》るように、燃え朽《く》ちた太い枝が落ちてきた。

「っ！」

ずしん、と地面が大きな音をたてる。

すんでのところで足を止めたものの、退路を塞《ふさ》がれてしまう。

焦《あせ》って周囲を見まわすが、いつのまにか炎に取り囲まれてしまっていた。一層煙が濃くなり、咳《せき》が止まらなくなる。喉《のど》が痛い。目を開けているのすら辛《つら》い。

どうやってここから出よう。

立ち竦《すく》んだそのとき、穂高！　と呼ぶ声が聞こえてきた。

颯さんの声だ、と思った次の瞬間《しゅんかん》、ブシュ！　と大きな音をたてて辺りの地面から一斉《いっせい》に水が噴《ふ》き出す。

噴水《ふんすい》のように高く上がった水は、どしゃぶりの雨の如《ごと》く降り注いだ。びしょ濡《ぬ》れになりつつ、空に向かって逆巻いていた炎に大量の水が落ちる様を見上げる。

凄《すご》い、地面から雨が降ってるみたいだ……！

水はかなり広範囲《こうはんい》に及《およ》んで噴き出しているらしい。激しい夕立に降られたかのように、山全体が無数の水滴《すいてき》に打たれる音が、ざあざあと大きくこだまする。木々の隙間《すきま》から差し込む太陽の光が、降り注ぐ水のせいでぼんやりと煙《けむ》る。

やがて穂高の目の前に浮《う》かび上がったのは、水の幕の中に立つ長身の男の姿だった。

黒い着物を纏《まと》い、両手を地面にかざしている男は颯だ。

うっすらと白く光っているように見えるのは、水が太陽の光を反射しているからか。それとも、彼自身が光っているのか。

はっきりしているのは、水を出して炎を鎮《しず》めてくれたのは颯だということだ。恐らく縦横無《じゅうおうむ》尽《じん》に山を走る水脈を操《あやつ》っているのだろう。

こんなときに不謹慎《ふきんしん》だけど、やっぱりきれいだ……。

次々に顔をつたう水を拭《ぬぐ》うことも忘れ、穂高は光を放つ颯に見惚《みと》れた。

澄んだ水がみるみるうちに炎を圧倒《あっとう》していく。そうして火が治まるにつれ、水の量も少しずつ減っていく。

プスプスという燃え残りの音と、微《かす》かな煙すら絶えたとき、ようやく水も止まった。残されたのは空にかかる虹《にじ》と、周囲の木々から滴《したた》り落ちる大量の雫《しずく》の音だけだ。

颯の体から光が消えた。地面にかざされていた手が、だらりと両脇《りょうわき》に垂れ下がる。

かと思うと、崩《くず》れ落ちるようにその場に膝《ひざ》を折った。

「颯さん！」

穂高は一目散に颯に駆け寄り、膝をついた。大きく上下する肩《かた》に手を置いて気付く。濡れて漆黒《しっこく》に光る颯の頭から獣《けもの》の耳が出ている。

たくさん力を使ったから？

そういえば昨日、まだ半分くらいしか力は戻《もど》っていないと言っていた。水脈を操るなんて、相当消耗《しょうもう》したに違《ちが》いない。

「だ、大丈夫《だいじょうぶ》ですか？」

荒《あら》い息をくり返す背中を摩《さす》りながら問うと、颯はぎゅっとTシャツの裾《すそ》をつかんできた。

「おまえは……、おまえは、大丈夫か……。怪我《けが》は……？」

「僕は大丈夫です！　怪我してません！」

「そうか……。おかしな気配がしたさかい、様子を、見に来たんや……。おまえが無事で、よかった……」

心底安堵《あんど》したようなつぶやきが聞こえてきた。が、顔を上げようとしない。息も一向に整わない。穂高のTシャツをつかむ手は震《ふる》えている。ひどく苦しそうだ。

「ど、どうしよう、どうしたらいいですか、太郎さんと薫さんを呼んできましょうか」

「いや……、わしがこの状態では、太郎と薫も弱っとるやろう……」

絞《しぼ》り出すように発せられた声は、ひどく掠《かす》れている。

そうだった、颯さんの力と眷属《けんぞく》の太郎さんと薫さんの力は連動してるんだった。

「じゃあ、じゃあどうしたらいいですか。僕に何かできることありませんか？」

激しく上下する背中を必死で摩りながら言うと、颯は緩《ゆる》く首を横に振《ふ》る。息が荒い。声を出すことすら辛いようだ。

うつむけられた顔は真っ青だった。眉間《みけん》に寄った皺《しわ》は見たことがないほど深く、目はきつく閉じられている。金色に輝《かがや》く瞳《ひとみ》が見えないせいもあるだろう、いつもは確かに感じられる強さや鋭《するど》さが欠片《かけら》も伝わってこない。それどころか、今にも全身がくずおれそうだ。

颯が溶《と》けてなくなってしまいそうで、穂高は焦った。

嫌《いや》だ。颯さんがいなくなるなんて、そんなの絶対に嫌だ。

「僕にできることだったら何でもしますから、何か言ってください」

訴《うった》えた声が自然と涙で滲《にじ》む。

すると、颯が何かをつぶやいた。

「え、何？　何ですか？」

「……ほんまに、何でもするか」

「はい、何でもします！」

かろうじて聞きとれた問いに、勇んで返事をする。

力を振り絞るようにして颯が動いた。上体を起こし、穂高の肩を抱《だ》き寄せる。

颯さん、と呼ぼうとした唇《くちびる》を塞がれ、穂高は目を見開いた。

「んっ、ん……！」

昨日の触《ふ》れるだけのキスとは違い、唇の隙間から濡れた感触《かんしょく》が入ってくる。温かく柔《やわ》らかなそれは、穂高の口の中を乱暴に愛撫《あいぶ》した。

水の冷たい感触は瞬《また》く間に消え、颯の味が口の中に広がる。

嫌悪感《けんおかん》は全くなかった。恐怖《きょうふ》もない。

それどころか、痺《しび》れるほど気持ちがいい。

「んう、っ、ん……」

角度を変えられて息を継《つ》がせられる。が、すぐに再び唇が重なった。顎《あご》を長い指でしっかりと固定され、舌を誘《さそ》い出されて吸われる。それでも足りないとばかりに唾液《だえき》をすすられる。

初めての濃厚《のうこう》な口づけに、ぞくぞくと背筋に甘い痺れが走った。

これが、僕にできること……？

よくわからないけど、颯さんがしたいならいい。

だって、僕も嫌じゃない。

全身から力が抜《ぬ》けて、穂高は颯にしがみついた。それが合図だったように颯のたくましい腕《うで》が腰《こし》にまわる。

気が付いたときには、地面に横たえられていた。焼け焦《こ》げていたはずの大地はいつのまにか分厚い苔《こけ》に覆《おお》われており、少しも痛くない。

夢中でキスに応《こた》えている間に、ぐっしょりと濡れたTシャツの裾をたくし上げられた。大きな掌《てのひら》が素肌《すはだ》を撫《な》でまわす。ひく、と全身が震えたのは嫌だったからではない。触《さわ》られたところが焼けそうに熱くなったせいだ。

恥《は》ずかしくてたまらないが、やめてほしいとは思わない。

何度も腹や腰をたどった掌は、やがて胸の先に行きついた。指先で弄《いじ》られ、痒《かゆ》いような痛いような感覚が生まれる。

「ん、あぁ……、颯さ……」

「穂高」

熱を帯びた声で呼ばれ、ぞくりと背筋が震える。

反射で反った喉に、颯は甘く噛《か》みついた。

尖《とが》った犬歯の感触にひどく感じてしまって、一気に腰に熱が溜《た》まった。綿のパンツの前がきつくなるのがわかる。

「あっ……」

慌てて腕を突《つ》っ張ろうとするが、のしかかる颯を退《ど》かせることはできなかった。今度は乳首《ちくび》に噛みつかれ、またしても掠れた嬌声《きょうせい》をあげてしまう。そのままきつく吸われて背中が弓なりに反った。胸がこんなに感じるなんて信じられない。

「だめっ……、そんなに、したら……！」

触られてもいないのに、どんどん性器が高ぶってくる。

穂高の制止を聞かず、颯は乳首を散々吸ったり齧《かじ》ったりしてから口を離《はな》した。そのまま穂高の胸元《むなもと》に鼻先を押しつけてすんすんと鼻を鳴らす。

上気した肌《はだ》を濡《ぬ》らしているのは既《すで》に水ではなく、快楽のせいで滲《し》みだした汗《あせ》だ。

「や、嗅《か》がないで」

「なんでや。ええ匂《にお》いがするぞ」

掠れた声で囁《ささや》きながら、颯は綿のパンツのボタンを急《せ》いた仕種《しぐさ》ではずした。そして間を置かず、下着ごとパンツを引き下ろす。

既に欲の蜜《みつ》でしとどに濡れていた性器が、勢いよくまろび出た。

「やっ、颯さん……！」

羞恥《しゅうち》にかられて咄嗟《とっさ》に隠《かく》そうとした手を、強引《ごういん》に捕《つか》まえられる。

「おまえが出した淫水《いんすい》で、わしの力は元に戻る。そやから、じっとしとけ」

「い、いんすいって……？」

「おまえの、精液や」

え、と思わず声をあげた次の瞬間《しゅんかん》、颯は穂高の下半身に顔を伏《ふ》せた。

触れられてもいないのに色濃《いろこ》く染まっていたそれは、止める間もなく颯の口に含《ふく》まれる。

「やめ……！　あ、あっ……！」

颯が言った言葉の意味を理解するとほぼ同時に、唇を使って容赦《ようしゃ》なく擦《こす》られた。思う様舐《な》められ、きつく吸われ、何度も高い嬌声をあげてしまう。激しい快楽に晒《さら》され、更《さら》に蜜があふれた。その蜜を一滴《ひとしずく》も逃《のが》すまいとするかのように、颯は舌を駆使《くし》して穂高の性器を舐めずる。

「は、あぁ、あん、だめっ……！」

手で触られた経験はもちろん見られた経験すらないのに、口でされるなんて恥ずかしくてたまらない。唇から勝手にあふれ出る嬌声も、自分の声とは思えないほどいやらしくて恥ずかしい。羞恥で死んでしまいそうだ。

けど、我慢《がまん》しないと。

颯に元気になってもらうためには、恥ずかしいなどと言っている場合ではない。

きつく目を閉じて胸の辺りにわだかまっていたTシャツを握《にぎ》りしめている間も、愛撫はやまない。

「も、いく、出ちゃう……！」

経験が全くないせいだろう、随分《ずいぶん》と早く限界が訪《おとず》れた。

我慢することなど到底《とうてい》できず、颯の口の中で達する。

自慰《じい》とは比べものにならない強烈《きょうれつ》な快感に、小さな嬌声がひっきりなしに漏《も》れた。その合間に、ごく、ごく、と喉《のど》が鳴る音が聞こえてくる。

颯さん、僕が出したの、飲んだんだ……。

痺れたようになっている思考力で、ぼんやりとそんなことを思う。

「あ、ぁん」

再び甘い声を漏らしてしまったのは、放出を終えたばかりの性器を舐められたせいだ。下から上へと幾度《いくど》も柔らかな舌が這《は》う。

「あ、だめ……、それ、やだ……」

感じすぎて辛《つら》くて、穂高はすすり泣きながら薄《うす》く目を開けた。

そこには穂高の性器を丁寧《ていねい》に舐める颯がいた。性器を見つめる金色の瞳は、いつになく強い光を放っている。

力、戻《もど》ったんだ……。

ほっと安堵《あんど》の息をついた穂高の目の前で、颯は愛《いと》しげに穂高の性器に口づけた。

「あ……！」

ただでさえ熱かった頬《ほお》が、火を噴《ふ》くぐらいに温度を上げる。今度は快感ではなく羞恥の熱だ。

ようやく口を離した颯は、犬歯を見せて悪戯《いたずら》っぽく笑った。

「旨《うま》かったぞ、穂高」

「そ、そんなわけ、ないでしょう！」

「いや、ほんまや。こんなに美味な甘露《かんろ》は初めてや」

「やめてください……！」

両手で頭を抱《かか》えて首を横に振《ふ》ると、わかったわかった、と颯は笑った。

ちらと見えた笑顔《えがお》が眩《まぶ》しくて、ぎゅっと胸の辺りが甘く痛む。

いつのまにか颯の頭からは、獣《けもの》の耳が消えていた。


すっかり力を取り戻した颯は、小川で濡らした手拭《てぬぐ》いで後始末をしてくれた。自分でやると言ったのだが、手拭いを渡《わた》してくれなかった。

わしがやりたいからやるんや、おまえはじっとしとけ。

偉《えら》そうに命令したものの、体を拭ってくれた手はとても優《やさ》しかったので、穂高は真っ赤になりながらも身を任せた。

その後、焼け焦げた倒木《とうぼく》を前に、誰《だれ》かが小川の近くに来ていたこと、そして煙草《たばこ》の臭《にお》いがしたことを颯に伝えた。煙草の投げ捨てが原因の失火ではないかという自分の考えも話した。

また同じようなことがあるかもしれないって思うと、心配です。

わかった。今度何かあったらわしが間違《まちが》いなく対処するよって、おまえは心配するな。

力強く頷《うなず》いてくれた颯は苦しそうでもなければ辛そうでもなくて、穂高は改めて安心した。

颯さん、僕のを飲んだから力が戻ったんだよな……？

そう思った途端《とたん》に颯に施《ほどこ》された愛撫《あいぶ》が体に甦《よみがえ》ってきて、カァッと全身が熱くなった。

ほとんどセックスといってもいい愛撫だったが、少しも嫌《いや》ではなかった。それどころか、颯に触られて感じるのはひどく恥ずかしかったけれど、たまらなく気持ちよかった。

これってやっぱり、恋愛《れんあい》の意味で颯さんを好きってこと、だよな。

「好きって……」

一人赤面した穂高は、両手で顔を覆った。

颯のことは嫌《きら》いではなかったが、まさかこんな風に好きになるなんて思わなかった。

なにしろ今まで一度も、同性を恋愛対象として見たことがなかったのだ。

だからって、女の子もこんなに好きになったことはないんだけど……。

「ほだかさま、ごきげん」

「うれしいことあった？」

ふいに左右のポケットから可愛《かわい》らしい声がして、わっ、と穂高は声をあげた。

スウェットのズボンのポケットから顔を覗《のぞ》かせているのはクリとマメだ。わ、わ、と各々《おのおの》穂高の真似《まね》をして、キャッキャと楽しげに笑う。

場所は穂高が寝泊《ねと》まりしている畳《たたみ》の部屋だ。颯と太郎、薫、クリ、マメと一緒《いっしょ》に夕食を食べた後、改めて風呂《ふろ》に入った。後はもう眠《ねむ》るだけである。

太郎と薫はおむすびを食べて後片付けを手伝うと、そそくさとどこかへ消えた。ごゆっくりどうぞ、と頭を下げた彼らが昼間の出来事を知っていたかどうかは謎《なぞ》だ。ちなみに留吉は今日も戻ってこなかった。

颯は隣《となり》の板の間にいる。彼が板の間に布団《ふとん》を敷《し》いたのを見て——いつのまにか上等の布団を持ち込んでいた——、せっかく夜で二人きりになったのに何もしないんだな、と残念な気持ちになったのは秘密だ。

そんなこと考えるなんて、凄《すご》くしたいみたいじゃないか……！

ポケットから飛び出した二羽《わ》は、赤くなっている穂高の膝《ひざ》の上にとまる。

「ほだかさまがうれしいと、マメもうれしい」

「クリも、クリもうれしい」

競《きそ》うように囀《さえず》られ、頬が自然と緩《ゆる》んだ。

「ありがとう。マメちゃんとクリちゃんは優しいな」

二羽の頭を指先で撫《な》でてやると、今度はうふふと嬉《うれ》しげに笑う。

「きょうはぬしさまも、ごきげんやの」

「うれしそうにしてはった。きっとええことあったの」

「そ、そうなんだ……」

穂高はただでさえ熱かった頬が、カァッと更に熱くなるのを感じた。

いいことって、昼間のあれのことだよな……？

一緒に食事をしていたときは、特別機嫌《きげん》が良いようには見えなかった。とはいえ向けられる眼差《まなざ》しは、今までになく甘かったのだが。

「ほだかさま、いつしゅうげんあげるん？」

きょと、と首を傾《かし》げて見上げてきたクリに、慌《あわ》てて首を横に振る。

「や、祝言《しゅうげん》はあげないよ？」

「なんで？」

「なんでって言われても……、あの、ごめんね」

思わず謝ると、クリとマメはしょんぼりとうつむいた。

「しゅうげんないと、おもち、たべられへん……」

「ほだかさまのごはん、すごくおいしい。けど、おもちもたべたいん……」

さも悲しげにつぶやいた二羽に、穂高は小さく噴き出した。

そうか、祝言がどうこうじゃなくて、ただお餅《もち》が食べたいのか。

「じゃあ明日《あした》一旦《いったん》山を下りて、餅米を買ってくるよ。ただ、餅米は一晩水に浸《つ》けておかないといけないから、餅つきして食べるのは明後日《あさって》になっちゃうけど、それでもいい？」

餅つきの道具は納屋《なや》にしまってあるはずだ。祖母に餅の作り方を教わったから、やり方はわかっている。

二羽は真っ黒い目をキラキラと輝《かがや》かせた。

「ほだかさまのおもち！」

「ぬしさまにも、おしらせせんと！」

クリとマメが同時に頷いたのが合図だったように、スッと音もなく板の間と畳の部屋を仕切っていた戸が開いた。

横たわっている颯めがけて、二羽はまっすぐに飛んでゆく。

「ぬしさま、ぬしさま！」

既《すで》に眠っていたのか、なんや、と颯は幾分《いくぶん》かぼんやりとした声で応じる。

「あしたのあした、おもち！」

「ほだかさまが、おもちつくってくれはる！」

「餅やと？」

起き上がった颯は、こちらに視線を向けた。

「あ、あの、明日、一旦山を下りて餅米を買ってこようと思うんです。お餅をつくのは明後日になります。一人じゃできないから、颯さんと薫さんと太郎さんにも協力してもらわないといけないんですけど……」

口ごもるように言うと、颯はふと笑みを浮《う》かべた。

優しくて甘い笑みに、じわりと胸が熱くなる。

「餅つきか。久しぶりやな」

「じゃあ、餅つきやってもいいですか？」

ああ、もちろん、と颯は頷く。

キャー！　とはしゃいだ声をあげたのはクリとマメだ。

「やった、やった！」

「おもち、おもち！」

「こら、クリ、マメ、そんなに騒《さわ》ぐな」

飛びまわるクリとマメを、颯が叱《しか》る。しかしその声が笑いを含《ふく》んでいたせいか、二羽は飛び跳《は》ねるのをやめない。

その様子を見て、穂高は自然とニコニコしてしまった。

クリちゃんもマメちゃんも、薫さんも太郎さんも好きだ。

皆《みんな》、いい人――もとい、いい神様だと思う。

それに、颯さんのことは特別に好きだし……。

結婚《けっこん》はできなくても、年に何回かここに来るっていうのじゃだめなんだろうか。

春に免許《めんきょ》をとったから、今までより頻繁《ひんぱん》に来られる。

明日、二人きりのときに颯さんと話してみよう。

翌日、穂高は颯らに見送られて車を出した。

餅をつくことを話すと、太郎と薫も嬉しそうに目を輝かせた。そしたらわしらは臼《うす》と杵《きね》の用意をしときます、と申し出てくれた。

出発する前、颯は穂高の頬《ほお》をくすぐるように撫でた。山から遠く離《はな》れたとこまでは、さすがにわしの力も及《およ》ばん。気ぃ付けて行けよ。優《やさ》しく言われて、全身が熱くなった。ぎくしゃくと車に乗り込んでから、運転に集中するのに苦労した。

ちょっとでも触《さわ》られると、昨日のことを思い出しちゃうんだよな……。

餅米が売っている店までは一時間ほどかかった。そこで餅米だけでなく、ついでに他《ほか》の食料品もいくつか買い込んだ。

元来た道を車で走って四十分ほど経《た》ったとき、パパー！　とクラクションが鳴らされた。

バックミラーを覗くと、大きな外車が後ろを走っていた。運転席で手を振《ふ》っているのは留吉だ。戻《もど》ってきたらしい。

またクラクションが鳴らされ、ミラーの中の留吉が親指で横を示した。

停《と》まれってこと？

ちょうど道の脇《わき》にスペースがあったので、そこに車を寄せる。留吉が運転する外車も同じ場所に停まった。

周囲は一面の緑だ。山裾《やますそ》にへばりつくように建つ家が何軒《けん》か見えるが、真夏の太陽が照りつける道に通行人の姿はない。通りを走る車もほとんどない。ただ蟬《せみ》の声だけがわんわんと辺りに響《ひび》いている。

車を降りると、留吉が歩み寄ってきた。

「やあやあ穂高様、今日も暑いですなあ。わざわざ車出してどこへ行ってはったんですか」

「ちょっと買い物に行ってきたんです。留吉さんは用事済んだんですか？」

「はい、おかげさんで」

調子よく応じた留吉は、一昨日《おととい》とは異なる色と形のシャツにスラックスという格好だった。手首にはシルバーのブレスレットをつけている。全《すべ》てに目にしたことがあるブランドのロゴが入っているので、きっと高価な物なのだろう。ただ香水《こうすい》の量は減らしたらしく、あまり匂《にお》いはしなかった。

ふいに真剣《しんけん》な顔になった留吉が、穂高様、と呼ぶ。

「わし、穂高様にお話ししたいことがあったんですわ。二人きりになれてちょうどよかった。わしが留守にしとった間、主様と何かありましたか？」

「何かって……、別に、何もないですよ」

颯に触られたことを思い出して頬が熱くなったが、穂高は敢《あ》えて明るい口調で言った。

「そうですか？　それやったらええんやけど……。わし、心配してますねん」

大仰《おおぎょう》に眉《まゆ》を寄せた留吉に、穂高は首を傾げた。

「心配って、何がですか？」

「穂高様の心配に決まってますがな。大きい声では言えませんけど、わしらを強う信じてる人間と情をかわすことは、わしらにとって大きな力になるんです。特に今みたいに力が弱ってるときは効果絶大ですわ」

「情をかわすって、両想《りょうおも》いになるってことですか？」

「まさか！　そんな生ぬるいことと違います。まぐわう、いうことですわ。今の人間には、セックスていうた方がわかりやすいですかな」

至極真面目《しごくまじめ》な物言いに、ゴホ、とむせる。

しかし留吉は穂高の反応を気に留める風もなく、声を落として続けた。

「そもそも主様が半人半獣《はんじゅう》のお姿にならはること自体、お力が弱っておられる証拠《しょうこ》なんです。本来の力をお持ちのときは、そんな中途半端《ちゅうとはんぱ》なお姿になられることはほとんどありませんからな。お耳を触った人と婚姻《こんいん》するていうんは、ぶっちゃけ力を得るためなんですわ。人と仰山《ぎょうさん》セックスするには、婚姻ていう形をとるんが一番ですよって。人を利用するための、悪《あ》しき因習ですな」

まさに立て板に水、スラスラと言葉を紡《つむ》いだ留吉に圧倒《あっとう》され、言葉につまる。

昨日、颯は確かに穂高を愛撫《あいぶ》した後に力を取り戻した。

しかしそれでは、お力が戻るんが遅うなってしまいます。そうや、祝言は後まわしにしてもかまいませんよって、今日明日にでも契《ちぎ》られたらいかがですか。

数日前、夢現《ゆめうつつ》で聞いた薫の言葉が思い出された。あのときは意味がわからなかったが、「ちぎる」とは性交のことだったのだろう。

留吉が言っていることは、まるきり嘘《うそ》というわけではないのだ。

「なんぼ主様を信じておられるいうても、穂高様は村の人間やない。街にご自身の生活がおありや。それに加えて男の方ですやろ。わしらの力を戻すために、利用されることない思いますねん。手籠《てご》めにされる前に、早々に引き上げはった方がよろしいんと違いますか」

利用される？　僕が颯さんに？

昨日の愛撫が鎮火《ちんか》のために失った力を回復するために行われたのは事実だろう。

でも、それだけじゃないと思う。

だって、颯さんが僕を見る目は最初のときとは違う。凄《すご》く優しい。

柔《やわ》らかい光を映した金色の瞳《ひとみ》で見つめられるとドキドキする。触《ふ》れてくる指先も愛《いと》しいものを慈《いつく》しむようで、恥《は》ずかしいけれど嬉《うれ》しい。今、彼の視線や仕種《しぐさ》を思い出しただけでも胸が高鳴る。

そもそも、昨日の貪《むさぼ》るようなキスも情熱的な愛撫も無理矢理《むりやり》ではなかった。だって、僕も嫌《いや》じゃなかったし……。

本当に嫌だったら、あれほど感じたりはしなかっただろう。

留吉一人の言うことを鵜呑《うの》みにするわけにはいかない。

「わかりました。心にとめておきますね。心配してくださってありがとうございます」

ペコリと頭を下げると、いえいえと留吉は首を横に振った。

「わしは主様より、ちょっとばかり人間社会に詳《くわ》しいですさかいな。そしたら、もうお帰りになりますか」

「いえ、帰りませんよ。明日餅《あしたもち》つきをするんです。今日はその仕込みをしないと」

「餅つきて、このクソ暑いのにですか？　いやそんなことより、餅とか呑気《のんき》なこと言うてる場合やないでしょうに」

留吉の焦《あせ》った物言いに、穂高は笑《え》みを浮《う》かべた。

「大丈夫《だいじょうぶ》です。嫌なことは嫌だってちゃんと言いますから。じゃ、帰りましょうか」

車に乗り込むと、留吉は慌《あわ》てて追いかけてきた。背を屈《かが》めて運転席を覗《のぞ》き込んでくる。

「ちょっと穂高様！　わしの話聞いてはりましたんか？　嫌や言うたって聞いてもらえますかいな！　マメとクリは何も考えてへんから別として、薫と太郎はグルですよ。主様の力が戻るためやったら、あの二人は無理矢理穂高様を押さえつけかねません。ただの人の穂高様が抗《あらが》える相手やない。危険や」

「や、ほんとに大丈夫ですから。明日、留吉さんも一緒《いっしょ》にお餅食べましょう。お汁粉《しるこ》を食べたくなったから、小豆《あずき》も買ってきたんです。お汁を冷やして食べたら、きっと美味《おい》しいですよ」

「冷たい汁粉ですか、それはそれは……」

留吉が相好を崩《くず》した隙《すき》に、車にエンジンをかける。

「じゃあ、また後で」

言って、穂高は車を発進させた。開け放っていた窓から、穂高様！　と呼ぶ留吉の声が聞こえてくる。サイドミラーに目をやると、あたふたと自分の外車に乗り込む留吉の姿が見えた。

お汁粉につられるなんて、留吉さんもかわいいとこあるなあ。

クス、と笑った穂高は、大きく深呼吸した。

颯は力を取り戻すためだけに昨日のようなことをしたのか？

それは颯にしかわからない。

理由を聞くんだったら颯さん本人に聞く。

自分で確かめてもいないのに、人の話に振りまわされるのはよくない。

祖父母の家に戻ると、納屋《なや》から取り出した臼と杵が庭に置かれていた。少なくとも四年は使われていないそれらはきれいに洗ってあり、いつでも餅がつける状態になっていた。颯と薫と太郎が準備してくれたという。

また、庭に出ていたのは臼と杵だけではなかった。納屋にあった様々な道具が並べられており、全てきれいに磨《みが》かれていた。

「穂高様が納屋の整理をなさるおつもりやて、主様にお聞きしまして。とりあえず全部出してみたんです。穂高様が確認《かくにん》されたら、また納屋に戻《もど》しますので」

ニッコリ笑ってそう言ったのは薫だ。

「すみません、ありがとうございます！　ほんと、助かります」

穂高は薫に頭を下げた。目録を作るといっても、一人きりではこんな風に全ての物を出して確認するのは無理だろうと思っていたのだ。

薫の横にいた太郎も微笑《ほほえ》む。

「納屋の中も掃除《そうじ》しておきましたさかい」

「え、ほんとですか？　そんなことまでしてもらってすみません」

太郎にも頭を下げると、頭上でクリとマメがくるくると円を描《えが》いた。

「クリもおてつだいした！」

「マメもおてつだいした！」

「おまえら、ただ飛びまわってただけやないか」

「ちがう、おてつだいしたもん！」

顔をしかめた太郎に、クリとマメは全く同じ言葉を同じタイミングで言い返す。

「クリちゃんもマメちゃんも、お手伝いしてくれてありがとう」

見上げて言うと、二羽《わ》はキャッキャと嬉しそうな笑い声をあげた。薫と太郎はあきれ顔だ。皆《みんな》、そんなにお餅が嬉しかったのかな。

いや、それだけではない。何かしてあげたいという純粋《じゅんすい》な厚意《こうい》の表れだ。

嬉しくて頬《ほお》を緩《ゆる》めつつ、穂高はすっかりきれいになった道具と納屋を見てまわった。

留吉が運転する外車は、途中《とちゅう》でどこかへ行ってしまった。後から来るかと思ったが、まだ着いていない。

まあ、明日になったらお汁粉食べにくるだろうけど。

留吉がなぜ、穂高が颯に利用されているなどと言い出したのかは謎《なぞ》だ。先ほどは留吉の話を理解するのに手一杯《ていっぱい》で気付かなかったが、彼の言い方では颯が悪者のようだった。

「納屋の掃除と整理、わしも一緒にやったぞ」

背中から聞こえてきた偉《えら》そうな物言いに、ハッとして振《ふ》り返る。

納屋に入ってきたのは颯だった。小さな出入り口にぶつからないように屈むという、何でもない動作なのに、やけに男っぽく感じてしまう。

にわかに心臓が騒《さわ》ぎ出したのを感じつつ、穂高は頭を下げた。

「ありがとうございます。山神様と眷属《けんぞく》様に掃除なんかさせて、ほんとにすみません。バチが当たっちゃうな」

「せやから、バチは当てんと言うてるやろうが」

「あ、そうでした」

幾分《いくぶん》か間の抜《ぬ》けた声で言うと、颯は小さく笑った。

「クリとマメの我儘《わがまま》に付き合わせてしもてすまんな。わしにはまだ餅米を用意できるだけの力がないんや。手間かけさせて悪かった」

「いえ、そんなの全然！　あんなに楽しみにしてくれるんだったら作り甲斐《がい》があります。太郎さんと薫さんも好物みたいだし。あ、颯さんもお餅好きですか？」

「ああ、好きや」

低い声が紡《つむ》いだ好きという言葉に、ドキ、と心臓が跳《は》ねる。

留吉さんが言ってたみたいに、ただ利用されてるっていうことはないと思う。けど、颯さんが僕をどう思ってるかは、確かに一回も聞いたことない……。や、でも颯さんは神様だから、普通《ふつう》の人間と一緒にしちゃだめだよな。そういうことは口に出したりしないのかも。

でも、全然言ってくれないのはおかしくないか？

何かひとことぐらい言ってくれてもよくないか。

ぐるぐると考えていると、穂高、と呼ばれる。

見上げた先にあった琥珀色《こはくいろ》の瞳は強い光を放っていた。しかし同時に、気遣《きづか》うように細められてもいる。

「どうした、街で何かあったか」

「いえっ、何もないです。あの、颯さん、昨日のことなんですけど……」

意を決して颯の気持ちを確かめようとしたそのとき、外が騒がしくなった。

何事かと颯と共に納屋から出る。

庭先にいたのは留吉だった。クリとマメが、くさい、くさい、とまた騒いでいる。

「ええ加減にせえ、臭《くさ》いわけないやろが」

「そやかて、くさい」

「ときめち、くさい」

「なんやと、このアホスズメ！」

飛びまわる二羽を捕《つか》まえようとする留吉の手を、太郎が太い腕《うで》で捕まえる。

「やめろ、留吉。おまえが臭いのはほんまのことや」

「おまえまでそんなこと言うか。おまえらにこの上等な香水《こうすい》の何がわかるんや」

「そんなもんわかる必要ない。おまえは人間かぶれの度がすぎる！」

言い争い始めた太郎と留吉に、おい、と颯が割って入った。

「やめんか、みっともない」

迫力《はくりょく》のある低い声に、太郎と留吉はにらみ合いながらも口を噤《つぐ》む。マメとクリは薫の肩《かた》にとまって、留吉をじっとにらんでいる。

しかし留吉はめげることなくススと颯と穂高に歩み寄った。途端《とたん》に香水のきつい匂《にお》いが鼻をついて驚《おどろ》く。先ほど会ったときはこんなに匂わなかった。

あの後、また足したのか。でもなんで？

思わず留吉を見遣《みや》ると、彼は颯を見上げていた。

「主様、ちょっとお話ししたいことがあるんです。大事な話です」

「大事な話て何や」

素っ気ないもののきちんと問い返した颯に、留吉はにやりと笑う。

じっと留吉を見ていたせいだろう、ふいに視線が合った。

すると彼は慌《あわ》てたように、今し方浮《う》かべた笑《え》みとは異なる愛想《あいそ》笑いを浮かべる。

「込み入った話ですさかい、ここではちょっと……」

「ここで話せへんような話は聞かん」

にべもなく言ってのけた颯に、留吉は眉《まゆ》を八の字に寄せた。

「そんなあ。ほんまに大事な話なんです。あ、ええ話でもあるんですよ、ほんまです」

「おまえのええ話はろくでもないからな」

「そんなことおっしゃらずに！　お願いします、主様」

留吉はぺこぺこと頭を下げる。

過去に何があったのか知らないが、先ほどから黙《だま》って見ている薫が助け船を出そうとしないところを見ると、留吉の信用度はかなり低いらしい。

でも、追い返しちゃうのも気の毒だし……。

「あの、じゃあ、そこの縁側《えんがわ》に座って話したらどうですか？」

遠慮《えんりょ》がちに声をかけると、颯はわずかに眉を動かした。

「ここだったら皆もいますし。留吉さんも座って話すんだったら、込み入った話でもできますよね」

穂高の提案に、はあ、まあ、と留吉は口ごもる。

一方の颯はため息をつきながらも頷《うなず》いた。

「留吉、縁側でやったら話を聞いたる」

「あ、はい、ありがとうございます」

留吉はまた颯にぺこぺこと頭を下げる。そして穂高に拝むような仕種《しぐさ》をした。

たいしたことはしてないですよ、という風に小さく笑みを返す。

颯が先に長い縁側に腰《こし》を下ろし、留吉もそれに続いた。太郎と薫は颯の横に並んで腰かける。

颯と二人きりで話したかったのか、留吉は物言いたげに太郎と薫を見た。が、二人と視線を合わせてもらえなかったせいだろう、結局は何も言わずに腰を落ち着ける。

お茶か水か、出した方がいいかな。

台所へと足を向けると、後ろからクリとマメが追いかけてきた。

「ほだかさま、ときめきちにやさしいすることない」

「ときめきち、わるいことする」

「留吉さん、どんな悪いことしたの？」

不満げな物言いに首を傾《かし》げる。

クリとマメはぷりぷりしながら口を開いた。

「やまのきのこ、ひとりじめにしたん。きのみも、ひとりじめ。ぜんぶ、にんげんにうったん」

「やまのみんな、たべるもんすくのうなって、こまったん。あかちゃんとおかあさんは、とくべつこまったん」

「ぬしさまがメッてしはって、ときめきち、あやまったけどへらへらしてるん」

「なんもなかったみたいに、へいきなかおでかえってくるん。それに、かえってくるときいっつもくさいの」

大変だったんだねと言うと、クリとマメはうんうんと大きく首を縦に振る。一生懸命話してくれた二羽のために水を入れた器《うつわ》を置いてやると、おおきに、と嬉しそうに礼を言って飲み始めた。

村を取り囲む山々は細かく区分され、それぞれ村人たちが所有していると祖父に聞いたことがある。登記の上では山神様の祠《ほこら》がある山は全《すべ》て見崎の家の名義だが、それは珍《めずら》しいのだ。

もっとも見崎家には代々、山を所有しているという意識はなかったはずだ。村の周囲の山は全て、村人で共同管理しているのが実情だったからだ。

しかし今、ほんのわずかに残った高齢《こうれい》の村人たちに山の実りを採りに行く力はない。山を相続した村人の子や孫たちはといえば、そのほとんどが都会住まいで山に興味を持っておらず、放置されている。中には相続そのものを放棄《ほうき》した者もいると聞く。

留吉が茸《きのこ》や木の実を根こそぎ採取したのは、恐《おそ》らくここ二、三年のことだろう。颯たちは気付いても、人間は誰《だれ》も気付かなかったに違《ちが》いない。事実、穂高も昨年の秋冬はこの村に来なかったせいもあって気付かなかった。留吉はそうした人間の隙《すき》を突《つ》いたのだ。

今は店を構えなくても、ネットを使えばどうにでもなる。最新のスマホを使いこなしている留吉にすれば、ネット販売《はんばい》など朝飯前に違いない。

強《したた》かっていうか何ていうか……。

でも、山の動物が困るぐらい根こそぎ採るのはよくない。

「それのどこがええ話なんや」

颯の鋭《するど》い声が縁側から聞こえてきて、グラスに冷たい水を注いでいた穂高はハッとした。クリとマメを肩に乗せ、盆《ぼん》を手に縁側へ向かう。

颯は留吉をにらみつけていた。太郎と薫も同じく留吉をにらんでいる。

険悪な雰囲気《ふんいき》が、香水のきつい匂いのせいではないのは明らかだ。

三人の鋭い視線を受けてなお、留吉は猫《ねこ》なで声を出した。

「ええ話ですやろ。主様は知らんふりしてくれはるだけでええんやさかい」

「知らんふりとは何や。ありもせん話をでっちあげるんは詐欺師《さぎし》がすることや。そんなもんを黙認《もくにん》するわけにはいかん」

「詐欺てそんな大袈裟《おおげさ》な。欲の皮の突っ張った人間から、ほんのちょっとだけ融通《ゆうずう》きかしてもらうだけですやんか」

「欲の皮が突っ張ってるんはおまえやろう」

ぴしゃりと言われて、留吉は首を引っ込めた。が、めげずに再び口を開く。

「わしはただ、ある物《もん》を有効に使おうとしてるだけですがな。人間はもう誰もここらの山へは来《こ》ん。捨てたも同然や。それを活用して何が悪いんです」

「話をすり替《か》えるな。活用するんと騙《だま》すんは全く別の話や。ちょっとでも妙《みょう》なことをやったら、わしが許さんからな」

「けど主様」

「しつこいぞ、留吉」

強い風が吹《ふ》いたわけではないのに、ざわ！　と周囲の山が音をたてた。

背筋に正体不明の寒気が走る。肩に乗っていたクリとマメが首をすくめる気配がした。

「また同じような話を持ってきたら、二度とここには戻《もど》れんと思え」

颯が話しているにもかかわらず、低い声は周囲を取り囲む山全体から響《ひび》いてきた。声に質量はないはずなのに、押し潰《つぶ》されるような錯覚《さっかく》を覚える。

ひ、と留吉は悲鳴のような声をあげた。

「わかりましたわかりました！　そしたら今日のところはお暇《いとま》します！」

言うなり、ほうほうの体《てい》で駆《か》け出す。一度こけて派手に地面に突っ込んだものの、どうにかこうにか立ち上がり、母屋《おもや》の向こうへ消えた。ほどなくしてエンジンの音が聞こえてくる。かなりのスピードで遠ざかっていく外車が見えた。

留吉とは反対に、全く動くことができなくなっていた穂高は、どんどん小さくなる車をただ見送った。

同じく走り去る車を見ていた薫が、秀麗《しゅうれい》な面立《おもだ》ちを歪《ゆが》める。

「山の物《もん》で商売したんはまだぎりぎり金儲《かねもう》けで済みましたけど、罪のない人間を騙そうて考えるやなんて、あれはもうあきませんな」

「もとから狡賢《ずるがしこ》い奴《やつ》やったけど、あそこまでとは」

太郎もため息まじりにつぶやく。

そこでようやく、穂高は大きく深呼吸をした。無意識のうちに息をつめていたのだ。

凄《すご》かった……。

昨日の火事でも実感したが、颯は本当に山神様なのだ。

「今日のところはお暇しますて言うてましたな。また戻って来る気ぃですやろか」

「さっきみたいな話をするようやったら追い返す」

今度はちゃんと颯の体から聞こえてきた声に、穂高は思わずほっと息をついた。同時に全身に入っていた力が抜《ぬ》け、棒のようになっていた脚《あし》がようやく動く。

「あの、水ですけど、よかったらどうぞ」

盆を差し出すと、すまんなと礼を言って、颯はグラスを取り上げた。一気に水をあおる。

その広い肩《かた》に、マメとクリが飛び移った。

「ときめきち、びっくりしてた！　クリもびっくりした！　すごい！」

「ぬしさま、おちから、もどってきた！」

「そう騒《さわ》ぐな。まだ元通りというわけやない」

キャッキャとはしゃぐ二羽《わ》を、颯は軽くいなす。

太郎と薫は颯が水を飲み干すのを待ってから、いただきますとグラスを手に取った。

「あの……、人を騙すって、どういうことですか？」

遠慮がちに尋《たず》ねると、颯は苦虫を噛《か》み潰したような顔をした。そして今し方まで澄んだ湧《わ》き水で満たされていたグラスに視線を落とす。

「お上《かみ》が水源を守る規則を作ったていうデタラメを吹聴《ふいちょう》して、この山の水源地の値が上がるて信じさせた上で、金を騙し取ろうっちゅう話や。儲け話に乗った人間が山の様子を見に来たとき、知らんふりせぇて言いよった」

「え、でも、そんな話に騙される人なんかいないでしょう。法律ができたとか、ちょっと調べればすぐに嘘《うそ》だって……」

わかるし、と言いかけて穂高は口を噤《つぐ》んだ。架空《かくう》の儲け話に騙される人が後を絶たないのは、日々のニュースを見ていれば明らかだ。いかにも本物らしい立派なパンフレットを作り、弁が立つ人間が言葉たくみに言いくるめれば、騙される人もいる。

留吉さんが相続のこととか、ここに住むのかとか聞いてきたのは、人間の僕がいたら詐欺の邪魔《じゃま》になるって思ったせいだったのかも……。

人間はもう誰もこらの山へは来《こ》ん。捨てたも同然や。

留吉の言葉が耳に甦《よみがえ》った。留吉がやろうとしていることは明らかに犯罪だが、その言葉は真実だ。

「人間に知恵《ちえ》をつけられたんか、自分で考えたんかはわからんが、どっちにしても言語道断や。人里で暮らしてたら人に染まって当然やが、悪事に手ぇを染めるやなんてろくでもない。穂高、今度もし留吉が来《き》よったら用心せぇよ」

「はい、わかりました……」

なんだか割り切れないものを感じていたせいで、ぼんやりとした返事になってしまった。

穂高の表情が曇《くも》っていることに気付いたらしく、颯は眉を寄せる。

「何や、気になることでもあるんか？」

「や、あの……、留吉さんが人を騙そうって考えついたのは、元は人が山を放置したせいだなって思って……。ごめんなさい」

頭を下げると、颯は言葉につまった。太郎と薫も何と言っていいかわからないらしく、黙《だま》っている。クリとマメはなぜ穂高が謝ったのか理解できないようで、きょとんとしていた。

颯さんも薫さんも太郎さんもきっと、確かに人間のせいだなって思ってる。

申し訳なくて顔を上げられないでいると、ふいに頭をわしわしと撫《な》でられた。

「なんでおまえが謝る。おまえが放置したわけやないやろう。どういう事情があろうと、悪いんは留吉でおまえやない」

そうですよ、と薫が強い口調で同意する。

「穂高様が悪いわけやありません。むしろこうして私らに力を与《あた》えてくれはったんや、ありがたいことです」

「穂高様が思慮《しりょ》深い方でよかったですな、主様」

表情を和《やわ》らげて颯に同意を求めた太郎に、いえ、そんな、と穂高は焦《あせ》った。

「僕なんか、全然だめです。山のために何もできないし……」

「阿呆《あほう》、だめなわけないやろう。そもそも心の穢《けが》れた人間は、わしの耳に触《さわ》ることができん。触《ふ》れた時点で、おまえは特別や」

そう言われても浮《う》かない顔をしていたせいだろう、またわしわしと颯に頭を撫でられた。大きな手は温かくて嬉《うれ》しかったけれど、気持ちは晴れなかった。


午後、颯たちが出しておいてくれた納屋《なや》の道具の目録を作った。日が暮れる前には、彼らと共にきちんと整理して納屋に戻した。

皆《みな》で夕飯を食べた後、穂高は明日の餅《もち》つきの準備をした。ふかし器やサラシを用意するのを、薫と太郎が手伝ってくれた。クリとマメがキャッキャとはしゃぎまわったのは言うまでもない。賑《にぎ》やかで楽しかった。

風《ふ》呂《ろ》からあがると、太郎と薫とクリとマメはいなくなっていた。山の塒《ねぐら》に帰ったという。

一人板の間に残っていた颯におやすみなさいと頭を下げ、穂高は隣《となり》の畳《たたみ》の部屋に引っ込んだ。

今日は昨日とは違《ちが》って、一緒《いっしょ》に寝《ね》ないのかな、とは思わなかった。

颯さん、昼間僕が人のせいだって謝ったこと、ほんとはどう思ってるんだろう。

僕をどう思ってるのか言ってくれないのも、昨日の昼間はあんなことしたのに昨夜《ゆうべ》も今も一緒の部屋で寝ないのも、僕が山を捨てた「人」だからかな。

昨日の火事の原因は、恐《おそ》らく人間の煙草《たばこ》のぽい捨てだ。

実際に触ってみて、やはり「人」は抱《だ》けないと思ったのか。

そんなことを考えながらうつらうつらしていると、隣の部屋から低い話し声が聞こえてきた。

「また今日も別々の部屋でお休みやったんですか」

若干《じやっかん》非難するような響《ひび》きが含《ふく》まれた声は薫のものだ。

ああと颯が応じる。

「餅つきの買い出しやらで、穂高も疲《つか》れてるやろうからな」

しかし主様、と焦った声を出したのは太郎だ。

「一昨日《おととい》、山を見まわられて気付かれたでしょう。妙《みょう》な気配が残ってるんは確かです。恐らく留吉と、留吉と一緒に悪巧《わるだく》みしてる人間の仕業《しわざ》やと思いますけど、万が一何かあったらどうします。早いとこお力を完全に元に戻《もど》しませんと、また何をしてきよるかわかりません」

「一昨日のことも昨日のことも確かに不覚やった。そやけどもう大丈夫《だいじょうぶ》や。元通りとはいかんが、穂高のおかげでかなり力が戻ってきたさかいな」

薫と太郎とは反対に、颯の声は落ち着いている。

昨日のこととは恐らく火事のことだ。

一昨日のことって何だろう。僕とキスしたこと？　他《ほか》に何かあったっけ。

ぼんやり記憶《きおく》をたどっていると、また太郎の声がした。

「それはそうですが、やはり心配です。今これからでも契《ちぎ》られたらいかがですか」

「穂高様が清いお体やったことも幸いしてるんでしょう、穂高様との情交の効果は抜群《ばつぐん》です。主様ご自身も、そのことは御身《おんみ》をもって実感しておられるでしょう。もっと深《ふこ》うつながられたら、元通りとまではいかんでも、更《さら》にお力が戻るんは間違《まちが》いありません」

人と仰山《ぎょうさん》セックスするには、婚姻《こんいん》ていう形をとるんが一番ですよって。

留吉の言葉が耳に甦ってくると同時に、目が冴《さ》えてくる。

今、薫と太郎はまさに、力を取り戻すために穂高とセックスをしろと言っているのだ。

「穂高様も嫌《いや》がっておられなかったんでしょう？　嫌がっておられたら、ここまでお力が戻らはることはないですよね」

「穂高様を逃《のが》したら、もうこの先、お力を取り戻す機会はのうなってしまうかもしれません。主様がおっしゃったように、あの方は特別や。穂高様が婚姻を結ぶことができんて言わはるんやったら、滞在《たいざい》されてる間にできるだけ契られませんと」

穂高は横になったまま、青くなったり赤くなったりした。

太郎と薫は人ではない。山神の眷属《けんぞく》である彼らにとって、颯の力が戻ることが何よりも大切なのだろう。だから穂高とセックスしろと勧《すす》める二人が悪いわけではない。むしろ、耳を触ったから嫁《よめ》だと決めつけていた当初を考えると、穂高が去ることを前提に話しているのは、彼らなりに思いやってくれている証拠《しょうこ》だ。

しかし、穂高は人間だ。

颯さんに触られるのが嫌じゃなかったのはほんとだけど、颯さんの力を戻すためだけのセックスは嫌だ。

颯さんはどう思ってるんだろう。

颯は山神である。太郎や薫と同じ考えを持っていて当然だ。

でも、ちょっとは違うことを言ってくれないかな。

心臓が不《ふ》穏《おん》な音をたてるのを感じていると、颯の声が聞こえてきた。

「そう急《せ》くな。必要があればする」

必要があれば。――その言葉に、全身が硬《かた》くなるのがわかった。

必要か必要じゃないかで、決めるんだ。

「しかし主様」

「正直な話をすると、なんや胸の辺りがもやもやしとるんや。昨日穂高に触ってから、余計にひどうなった。こういう風になるんは初めてやさかい、このもやもやの正体がはっきりするまでは、穂高を抱きたない」

颯は憂鬱《ゆううつ》そうな声で、しかしきっぱりと言った。

硬くなった体から、スッと体温が抜《ぬ》け落ちる。

そういえば颯さん、前にももやもやするって言ってたっけ……。

あのときは、もやもやといっても怒《おこ》ったり嫌《きら》ったりしてるわけではないのだと思ったが、本当は違っていたのかもしれない。

山を捨て、山神への信仰《しんこう》をも捨てる「人」と交わって力を得ることに納得《なっとく》がいかないから、もやもやしていたのではないか。

「そうですか……。わかりました」

大きく息を吐《は》いて言ったのは薫だ。

薫！　と焦ったように呼んだ太郎を制し、静かに言葉を紡《つむ》ぐ。

「主様が契りとうないておっしゃるんや。無理強《むりじ》いするわけにはいかん」

「しかし……」

主様、と薫が真面目《まじめ》な声で呼ぶ。

「山の異変には、私と太郎で目を光らせます。とはいうても今の主様のお力を考えれば、もう手出しはでききんと思いますが」

「ああ、頼《たの》む。苦労かけてすまんな」

いえ、そんな、と薫と太郎は恐縮《きょうしゅく》した。

「けど主様、必要があったら、どうぞすぐに穂高様と契ってください。お願いします」

太郎に念を押された颯は、ああ、わかってる、と応じた。

その声がどこまでも落ち着いていて、胸がズキリと痛んだ。


すぐ傍《そば》に気配を感じて、半分眠《ねむ》りの中にあった意識が浮上《ふじょう》した。

布団《ふとん》の中でじっと胸の痛みが治まるのを待っていたが、なかなか痛みは引かなかった。当然、寝付《ねつ》くこともできなかった。

あんなやりとり、聞かなきゃよかった。

颯たちも、なにも隣の部屋で話さなくてもよかったではないか。力が強くなってきているのなら、穂高が起きていることくらいわかりそうなものなのに。

や、でも颯さんは山神様だもんな。

山に関することには力を発揮できても、それ以外はだめなのかもしれない。

泣き出してしまいそうな衝動《しょうどう》を抑《おさ》え、ようやく眠りに落ちかけたところだったのだ。

布団の横に誰かがいる。

——たぶん、颯さんだ。

人とは異なる強い気配だけではなく、爽《さわ》やかな良い香《かお》りがする。

じっと見つめられているのがわかって、ひどく居心地《いごこち》が悪くなった。

このもやもやの正体がはっきりするまでは、穂高を抱きたくない。

戸越《ご》しに聞いた言葉が思い出されて、一度は治まったはずの鋭《するど》い痛みがまたしても胸を貫《つらぬ》く。

抱きたくないのに、何しに来たんだろう。

瞼《まぶた》を落としたままでいると、そっと髪《かみ》を梳《す》かれた。そうして何度か優《やさ》しく梳かれた後、今度は長い指で額や頬《ほお》を撫《な》でられる。

慈《いつく》しむように愛撫《あいぶ》され、胸の痛みが次第《しだい》に和《やわ》らいでくるのがわかった。

くすぐったい。気持ちいい。

颯の指はやがて顎《あご》をつたって喉《のど》に下りた。パジャマがわりのTシャツ越しに大きな掌《てのひら》が胸を這《は》う。颯の体温が布の向こうから染《し》みてきて、にわかに心臓が騒《さわ》ぎ出した。

ちょっと触《さわ》られただけで、こんなにドキドキするなんて。

僕、颯さんのことが凄《すご》く好きになってたんだ。

今更《いまさら》目を開けるのは気まずくて、なるべく大きく息をする。

穂高が起きていることに気付いているのかいないのか、颯はタオルケットを静かに取り払《はら》った。眠れなくて散々寝返《ねがえ》りを打ったため、Tシャツの裾《すそ》は腹の辺りまでめくれている。

ひやりとした夜気に触《ふ》れた腹に、颯の手が置かれた。その手はTシャツの中へゆっくり潜《もぐ》り込んでくる。今し方までの優しい愛撫とは異なる、情欲を感じさせる熱っぽい動きだ。

昨日の激しい愛撫を連想してしまって、穂高は眉《まゆ》を寄せた。

だめだ、そんな風に触ったら……！

颯の指先が乳首《ちくび》をかすめ、ん、と小さく声を漏《も》らしてしまう。

その声に驚《おどろ》いたように、颯の動きがぴたりと止まった。かと思うとスッと手が離《はな》れる。

タオルケットがやや乱暴に腹にかけられた。立ち上がる気配がして、颯が足早に部屋を出て行くのがわかる。

戸が閉まる音を合図に、穂高はゆっくりと目を開けた。まだ颯の熱が腹や胸に残っている気がして、腹や胸をそっと撫でる。

やっぱり、僕には触りたくないのかな……。

昨日はどうしても力が必要だったから、仕方なく触ったのかもしれない。

じゃあ今だってもっと触ればいいだろ。なんでやめるんだ。

あ、でも、もやもやの正体がはっきりするまでは僕のこと抱きたくないのか。

——もやもやってなんだよ。抱きたいのか抱きたくないのか、どっちなんだ。

なんだかもう、よくわからない。

穂高は再びぎゅっと瞼を閉じて体を丸めた。

とにかく颯は今、穂高に触るのをやめて去った。その事実が全《すべ》てを物語っている気がした。

颯さんには僕が必要だし、嫌いってわけじゃないんだろうけど、きっと好きなわけでもないんだ。

だって僕は、颯さんたちを捨てた人間だから。


翌朝、穂高はいつも通り朝五時に起床《きしょう》した。昨夜《ゆうべ》は結局ほとんど眠れなかったので、単に床《とこ》を離れたと言った方がいいかもしれない。

昨夜の颯さんと薫さんたちとのやりとりも、颯さんに触られたのも、夢じゃないよな……。

炊《た》いたばかりの米をおむすびの形に握《にぎ》りながら、ぼんやりと思う。

夢にしては何もかもはっきりと記憶《きおく》に残っている。

夢だったらよかったのに……。

「おはよう」

ふいに背後から声をかけられ、穂高は飛び上がった。

恐《おそ》る恐る振《ふ》り返ると、颯が立っていた。今日も漆黒《しっこく》の涼《すず》しげな着物を纏《まと》っている。

昨夜の薫と太郎とのやりとりなど、まるでなかったかのような優しい笑《え》みを向けられ、ズキリと胸が痛んだ。

「お、おはようございます……」

必死で笑みを浮《う》かべ、軽く頭を下げる。

ん？　という風に颯は首を傾《かし》げた。

「どうした、顔色が悪い」

「あ、いえ、あの、大丈夫《だいじょうぶ》です。炊き立てのご飯だから、熱くて」

言い訳になっていない言い訳をした穂高を、颯はじっと見つめる。そのまま下駄《げた》を履《は》き、ゆっくりと歩み寄ってきた。

真横に立った颯は、既《すで》にいくつか皿の上に並んだおむすびに目をとめる。

「ああ、旨《うま》そうやな」

嬉《うれ》しそうな物言いだ。琥珀色《こはくいろ》の瞳《ひとみ》もキラキラと輝《かがや》いている。

今は完全に人の姿であるにもかかわらず、頭に生えた獣《けもの》の耳がぴるぴると動いたのが見えた気がした。

そうだった。最初はかわいいなって思ったんだ。

狼《おおかみ》の姿で夢中でおむすびを食べているのが微笑《ほほえ》ましかった。

ほんの数日前のことなのに、なんだか随分《ずいぶん》と前の出来事に思える。

なぜか胸がつまるような切ない気持ちになっていると、颯はおむすびを握る穂高の手に視線を移した。

「毎日こうやって、手ぇ真っ赤にして握ってくれてたんやな。結局、神棚《かみだな》にも毎日供えてくれてるし」

ほとんど習慣になっていたせいだろう、颯たちと一緒に朝食をとるようになってからも、神棚におむすびを供え続けている。

「いえ、別にたいしたことじゃないです。そんなに熱くないですから」

今し方熱いと言ったばかりなのに熱くないと言ってしまったと気付いて、穂高は慌《あわ》てた。

「あの、熱いのは熱いんですけど、我慢《がまん》できないほどじゃないっていうか。慣れてますから平気です」

早口で言って、握り終えたおむすびを皿に移す。

しかしどうにも間が持たなくて、穂高は更《さら》に言葉を紡《つむ》いだ。

「今朝もお米、袋《ふくろ》いっぱいになってましたよ。あの桝《ます》ほんとに凄いですね。あ、凄いのは颯さんか」

軽く水で濡《ぬ》らした手に新たなご飯を載《の》せようとすると、颯がいきなり手首をつかんできた。

「っ！」

反射的に振り払ってから、ハッとする。

触られるのを拒絶《きょぜつ》したのは初めてかもしれない。

「あ、あの、すみません。ちょっとびっくりして……」

慌てて謝ったが、ごまかせなかったようだ。颯はくっきりとした眉を寄せる。

「おまえ、やっぱりおかしいな。もしかして、あの板みたいな珍妙《ちんみょう》な機械で留吉と連絡《れんらく》とってるんか？　あれ、おまえも持ってるんやろう」

「板みたいな機械って……、ああ、スマホのことですね。大丈夫ですよ、スマホは持ってますけど留吉さんとは連絡先交換《こうかん》してないですし、あの機械、ここでは使えませんから」

「そしたら何や。何が気になるんか話してみぃ」

穂高は言葉につまった。颯さんは僕のことどう思ってるんですかと尋《たず》ねて、好きではないと答えられたらショックだ。仮に大切に思っていると言われたとしても、昨日の今日ではたして信じられるだろうか。――きっと信じられない。颯は抱きたくないと言い、実際に抱かなかったのだから。

穂高、と呼んだ颯の手が肩《かた》に触れる。

「何を隠《かく》してる。わしを見ろ」

向きを変えさせられ、颯と正面から向かい合うことになった。

咄嗟《とっさ》にうつむいた顎に颯の指がかかり、抗《あらが》う間もなく顔を上げさせられる。

ごく近い距離《きょり》に颯の精悍《せいかん》な面立《おもだ》ちがあった。窓から差し込む朝日に透《す》けて金色に光る瞳が、まっすぐに見下ろしてくる。

やっぱりきれいだ。

そう思った途端《とたん》に、目の奥が痛んだ。たちまち視界が歪《ゆが》み、琥珀色《こはくいろ》がぼんやりと滲《にじ》む。

颯は驚いたように目を丸くした。

「穂高？　どうした。どっか痛いんか」

全く見当はずれな物言いに、カッと頭に血が上る。

穂高は顎にかかっていた颯の手を弾《はじ》いた。

「何言ってんだ、違《ちが》う！　颯さんは何もわかってない！　僕だって、颯さんのことなんか好きじゃないですから！」

感情のままに怒鳴《どな》った穂高は、両手で颯の胸を突《つ》いた。颯がされるままに数歩後退した隙《すき》に外へ駆《か》け出す。

家を飛び出すと、頭上には青く晴れた空が広がっていた。真夏の濃厚な緑に眩《まぶゆ》い朝の光が降り注ぎ、涙《なみだ》が滲んだ目に染《し》みる。

颯が追いかけてくることはなかったが、家の周囲の山々は颯の気配に満ちていた。

それに耐《た》えられなくて、穂高は走り続けた。

なんだよ、こんなに力があるんだったら僕の気持ちぐらいわかれよ！

――神様だからわかんないのか。

人ではないから、人の気持ちが本当にはわからない。

でも、僕が颯さんを好きなように、颯さんも僕のこと、ちょっとは好きになってくれてるって思ってた……。

墓の前で泣いてしまったとき、背中を撫《な》でてくれた手は優《やさ》しかった。泣きやむまで傍《そば》にいてくれた。穂高が喜ぶことをしようとしてくれた。激しい愛撫《あいぶ》の後に体を清めてくれた手も、向けられる眼差《まなざ》しも優しかった。

あれらが全て、単純に力を得るためだったとは思えない。

いや、僕が颯さんを好きだから、颯さんも僕を好きでいてくれて、だから優しくしてくれるんだって思いたいだけか……。

どれくらい走っただろうか。走っても走っても颯の気配が感じられて、さすがに疲《つか》れてきたとき、パパー！　とクラクションの音がした。汗《あせ》と涙を腕で拭《ぬぐ》いながら足を止める。

正面から走ってきた見覚えのある外車が、少し行き過ぎて停車した。

運転席から降りてきたのは、案の定留吉だった。今日は光沢《こうたく》のある白いシャツに、グレーのパンツを穿《は》いている。

「穂高様やないですか！　そないな格好でどないしはったんですか」

え、と声をあげた穂高は己《おのれ》の格好を見下ろした。

半袖《はんそで》のTシャツの上に深緑色のエプロンを身につけたままだ。両手の指には白米がいくつかくっついていた。慌ててそれらを取って口に入れる。

エプロンの裾《すそ》で手を拭っていると、留吉が歩み寄ってきた。

「えらい走ってはりましたけど、どないしはったんですか」

「いえ、別に……」

「別にっちゅう顔やありませんで。主様と何かありましたか？」

心配そうに問われ、穂高は一瞬《いっしゅん》言葉につまった。

今度もし留吉が来《き》よったら用心せぇよ。

颯の言葉が耳に甦《よみがえ》る。が、その低く響《ひび》く声は、怒《いか》りなのか惨《みじ》めさなのか、悲しさなのか恥《は》ずかしさなのかよくわからない、激しい感情にかき消された。

自分だって僕を利用しようとしてるくせに。

「留吉さん、すみませんけど、ちょっと乗せてってもらえませんか？」

「それはかまいませんけど、どこへ行くんですか」

「どこでもいいです。とにかくこの辺りから離《はな》れたいから街の方へ行ってください。お願いします」

ペコリと頭を下げると、そんなそんな！　と留吉は両手を横に振《ふ》った。

「かまいませんて言うたやないですか。穂高様が行きたいておっしゃるとこへお連れしますさかい。ささ、どうぞ乗ってください」

すみませんともう一度頭を下げ、穂高は外車の助手席に乗った。車内は緩《ゆる》く冷房《れいぼう》がきいていて、思わずほっと息をつく。

留吉もすぐに運転席に乗り込んできた。今日は香水《こうすい》のきつい香《かお》りはしない。車に匂《にお》いが移るのが嫌《いや》なのかな。

「あ、穂高様、シートベルトしてくださいね。そしたら車出しまーす」

軽《かろ》やかに言ってハンドルを操作する留吉に、少し笑ってしまった。

彼の言葉に従ってシートベルトを締《し》めていると、留吉も笑顔《えがお》で尋ねてくる。

「何です？　何かおかしいことありました？」

「シートベルトを気にするって、留吉さん、真面目《まじめ》なんだか不真面目なんだかよくわかりませんね」

「わしは真面目ですよ。シートベルトは大事でしょう。警察に見つかったら点数とられますし、事故のときシートベルトしてへんかったらえらいことになりますがな」

ごく普通《ふつう》の人間のような受け答えに、また笑ってしまった。

颯さんも、これぐらい人間くさかったらわかりやすかったのに。

三十分ほど車を走らせた留吉が連れていってくれたのは、こぢんまりとした旅館だった。山に囲まれてはいるが国道が通っていて、街に出るには便利な場所だ。さすがの颯の力もここまでは及《およ》んでいないらしく、彼の気配はしなかった。

旅館に入ると、フロントの中年の男性が、おかえりなさい、お連れさんですか？　と気さくに声をかけてきたのには驚《おどろ》いた。留吉はいかにも怪《あや》しい風体《ふうてい》だ。にもかかわらず歓迎《かんげい》されているようだったのは、この宿をよく利用しているせいかもしれない。

太郎さんも薫さんも、クリちゃんもマメちゃんも山で寝《ね》泊《と》まりしてるみたいなのに、留吉さんは宿をとってるんだな。

違和感《いわかん》を覚えると同時に不思議に思ったのは、周囲に何軒《けん》か建つ旅館の存在だった。近くにレジャー施設《しせつ》など一切《いっさい》ないのに、それなりに繁盛《はんじょう》しているようだ。

「遊ぶとこはないんですけど、近くに小さい湖があるんですよ。マニアには有名な釣《つ》りの穴場やそうで、その釣り客相手の宿なんですわ。この宿の前の道は旧街道《かいどう》でしてな、江戸《えど》の頃《ころ》には宿が仰山《ぎょうさん》あったらしいんですが、鉄道の発達で廃《すた》れてしもた。そんでも湖のおかげで、こうしていくつかの宿は生き残ったわけです」

どうぞ、と留吉が差し出したのは、部屋に置いてあった小型の冷蔵庫から取り出したコーラの缶《かん》、そしてコンビニで買ったらしい菓子《かし》パンだった。

「朝飯、食べてはらへんのでしょう。こんなもんしかありませんけど、よかったら」

「すみません……。ありがとうございます。いただきます」

穂高はパンとコーラを受け取り、頭を下げた。留吉が詐欺《さぎ》を働こうとしていたことは別として、今はその気遣《きづか》いが素直《すなお》にありがたい。

「穂高様にはいろいろ気ぃまわしてもらいましたさかいな。これぐらいお安い御用《ごよう》です」

ニコニコと笑って答えてくれた留吉に、もう一度すみませんと頭を下げる。

「旅館の前の道、街道だったんですね。気付きませんでした」

「車が通るように造られた今の道路に比べたら、随分《ずいぶん》と細い道ですよってなあ。気付かんで当然です」

大きく頷《うなず》いた留吉は、穂高から少し離れた場所に胡坐《あぐら》をかいた。

留吉が泊まっていたのはゆったりとした和室だ。風呂《ふろ》もトイレも完備されているらしい。畳《たたみ》は新しいとは言えないものの、清潔に保たれているのがわかった。きっとこの旅館の中では最高クラスの部屋なのだろう。冷房は入っていないが、開け放たれた窓から入ってくる風のおかげで涼《すず》しい。

「利用客の目的が昔と変わっても、こうやって営業していけるのはいいですね」

「ほんまに、おっしゃる通りですな」

穂高の言葉に、留吉は再び大きく頷いた。

里山にも同じようなことができないかと穂高は考えを巡らせる。

現実的に考えて、里山を昔のまま残すのは不可能だ。だからといって捨ててしまいたくはない。その素晴《すば》らしさを、わずかでも残す方法を探したい。

——やっぱり僕は颯さんと結婚《けっこん》するのは無理だ。

勉強したいこと、やりたいことが山ほどある。

何度も結婚できないとくり返したから、颯は颯なりに、穂高との関係は力を取り戻《もど》すためと割り切ったのかもしれない。

だとしたら、颯さんだけを責めるわけにはいかない……。

結婚はできないけれど好きになってほしいだなんて、むしがよすぎる。

我知らず肩《かた》を落としていると、留吉は慣れた仕種《しぐさ》でコーラの缶のプルタブを引いた。ぷし、と小気味よい音がする。

「古いからいうて、何でもかんでもあっさりポイするんはどうかと思いますわ。古うても価値のある物《もん》は仰山ありますよって」

言って、留吉は旨《うま》そうにコーラをあおった。シャツにパンツという服装のせいかもしれないが、仕種もまるきり人間のようだ。

穂高は改めて留吉を見つめた。颯だけではなく、太郎とも薫とも雰囲気《ふんいき》が違《ちが》う。端的《たんてき》な言い方をすると、「神性」を全く感じない。

クリちゃんとマメちゃんにも感じるのに。

そういえば颯は、留吉は元は山の者だとは言ったが、眷属《けんぞく》だとは言わなかった。祖父も、貉《むじな》は山神様にお仕えしていると言っただけで、眷属様だとは言っていなかった気がする。

「今日は香水、あんまりつけてないんですね」

ふと思いついて言うと、留吉は驚いたように瞬《まばた》きをした。

彼にしては珍《めずら》しく、ふいと視線をそらす。

「ああ、はい。まあ」

「昨日、道で会ったときもあんまりつけてなかったのに、山に戻ってきたときにはたくさんつけてましたよね。どうしてですか？」

純粋《じゅんすい》に疑問に思ったので尋《たず》ねただけだったが、留吉は落ち着きなく膝《ひざ》を揺《ゆ》すった。曖昧《あいまい》な笑みを浮《う》かべて頭をかく。

「ちょっとした嫌がらせですわ。山の連中はこの匂いが嫌《きら》いやさかい。それより穂高様、いったい何があったんです？」

唐突《とうとつ》に話題を変えた留吉に、今度は穂高が視線をそらした。

「や、別に、どうもしませんよ」

「どうもせん人がエプロンつけて泣きながら走りますかいな。あ、ひょっとして朝っぱらから主様に無理矢理《むりやり》押し倒《たお》されましたんか」

「違います！　今朝は押し倒されてません！」

「今朝は？」

怪訝《けげん》な物言いに、一昨日はしっかり触《さわ》られてたでしょう？　と揶揄《やゆ》されたような気がして、顔に血が上った。

「そ、そんな細かいことはいいんです！　だいたい、話が逆です。颯さんは僕を抱《だ》かないって言ってましたから」

「へ、そうでしたんか。そんで泣いてはったていうことは……」

意味深な視線を向けられ、ハッとする。

「や、抱いてほしいわけじゃないですよ！　ただ、その……、留吉さんが言ってたみたいに、利用するっていうわけじゃないですけど……、颯さんは僕のこと、別に何とも思ってないんだなあって実感して……、それが、ちょっと悲しかっただけです」

本当はちょっとどころではなく、かなり悲しかったが、ばつが悪くてそんな風に言う。

すると留吉は首を傾《かし》げた。

「主様が穂高様のことを何とも思てない、ですか。ほんまにそうですやろか」

「そうですよ。その証拠《しょうこ》に追いかけてこないし」

自分で言った言葉に、ズキリと胸が痛んだ。颯は一瞬《いっしゅん》で場所を移動できる力を持っているのだ。穂高が留吉の車に乗り込むまでに追いつくチャンスはいくらでもあったのに、来てくれなかった。

だいたい、呼び止めてもくれなかったし……。

我知らずうつむくと、留吉が明るい声を出した。

「まあ、ゆっくりしてってください。連泊《れんぱく》してますさかい、この部屋にいてくれはって大丈夫《だいじょうぶ》ですよ。穂高様やったらなんぼいてくれはってもかまいませんよって」

「や、あの、お金も持ってないですし、そんなに長くは……。でも、とりあえずあと少し置いてください。お願いします」

いつまでもここにいるわけにはいかないとわかっているが、すぐ帰る気にはなれなくて、穂高は頭を下げた。

留吉はどんと胸を叩《たた》いて受け合う。

「もちろん大丈夫ですよ！　わしはちょっと用事があって出ますけど、昼頃には戻ってきますさかい、のんびりしてください」

「すみません、ありがとうございます」

「いえいえ。湖にでも行ってみはるとええですわ。釣りをせんでも周りを歩くだけで気持ちがええですよって」

そしたらちょっと失礼しますと頭を下げ、留吉は部屋を出て行った。

室内が急に静かになる。他《ほか》の部屋の客は釣りに出かけているのか、人の気配はなかった。時折車が通る音がする以外は、蟬《せみ》の声が聞こえるだけだ。

留吉さん、山の物を売り払《はら》っちゃったのも、人を騙《だま》そうとしてたのも本当なんだろうけど、まるきり悪人じゃない気がする。

優《やさ》しくしてもらったからって、甘いかな。

しかし助かったのは事実だ。

ため息を落とした穂高はコーラとパンを机に置き、窓辺に寄った。網戸《あみど》の向こうに見えるのは連なる山々だ。盛夏特有の濃《こ》い緑だが、颯に連れていってもらった祠《ほこら》の周囲の緑に比べれば、随分と迫力《はくりょく》に欠ける。

あの山の神様は、もう山に溶《と》けてしまわれたんだろうか。

チチチ、と鳥が鳴く声がして視線を上げると、雀《すずめ》が数羽《わ》、連れ立って飛んでいくのが見えた。

おもち、おもち、とはしゃいでいたクリとマメの姿が脳裏《のうり》に浮かぶ。

お餅《もち》が食べられなくてがっかりしてるだろうな……。

餅米を水に浸《つ》けたままだ。せめてザルにあげてくればよかった。

朝食のおむすびも作りかけだった。ご飯は炊《た》けているから、器《うつわ》に盛れば食べられる。しかし彼らは、もしかしたらおむすびの形になっていないと食べられないかもしれない。もしそうだとしたら、握《にぎ》っておいた分だけでは足りないだろう。皆《みな》、きっとお腹《なか》を空《す》かせている。

「全部握ってから出てくればよかった……」

自分のつぶやきに、自分で笑ってしまった。

カッとなって飛び出したのに、全部握れるわけがない。

ため息を落とした穂高は、その場に寝転《ねころ》がった。少し時間が経《た》ったせいか、頭に上っていた血が引いているのがわかる。

颯さん、随分あっさり突《つ》き飛ばされたな……。

穂高を簡単に抱《かか》え上げられる力があるはずなのに、呆気《あっけ》なく離《はな》れてしまった。力が全部戻《もど》っていないからか。あるいは、他に原因があるのか。

――どっちにしても、僕も一方的すぎた。

颯に好きになってほしいと思っていながら、自分は好きだと颯に伝えていなかった。相手をどう思っているのか何も言っていないのは、穂高も同じだ。

今朝、台所で見下ろしてきた金色の瞳《ひとみ》は、宝石のようにきれいだった。どこか痛いのかと聞いてきたときの表情は真剣《しんけん》だった。

思い出しただけで胸が痛んで、穂高はぎゅっと手足を縮めた。

やっぱり帰ろう。帰って颯さんとちゃんと話をしよう。

自分の気持ちを、自分の口から伝えるのだ。

そして結果がどうであれ餅つきをしよう。きっと颯はもちろん、薫と太郎とクリとマメも喜んでくれる。

留吉は昼頃に戻ってくると言っていた。そのときに頼《たの》んで送ってもらおう。

穂高は湖を散策して時間をつぶした。

留吉が言ったように釣《つ》り客がぽつぽつといて、彼らと少し話をした。大きな道路が通っているせいか、案外都会から来ている人が多かった。釣り人がこの辺りに経済効果をもたらしているのは間違《まちが》いない。

何をするにしても、ボランティアや善意の寄付だけでは限界がある。里山を保っていくためには、やはり経済的に潤《うるお》うことが必要だ。あるいは、国が保全に努めるか。

でも、村の山は国有じゃないからな……。

そもそも国に頼《たよ》っても里山は残せない。里山はただの山ではない。人が傍《そば》で暮らしてこその里山なのだ。人との結びつきがなければ意味がない。

やっぱり自分たちで何とか方法を見つけないと。

あれこれ考えつつ宿に戻ると、留吉はまだ帰ってきていなかった。フロントにタクシーを呼んでもらって帰ってもよかったが、それではここまで連れてきてくれた留吉に悪い。

穂高は部屋で彼を待つことにした。ここ数日、あまり眠《ねむ》れていなかったせいだろう、睡魔《すいま》に襲《おそ》われるのにそれほど時間はかからなかった。

穂高、穂高。

祖父と祖母に呼ばれた気がして、ふと目を開ける。

確かに目を開いたはずなのに、辺りは真っ暗だった。夜なのか闇《やみ》なのか判別がつかない。

穂高、とまた呼ぶ声がする。

祖父《じい》ちゃん、祖母《ばあ》ちゃん、こっち。ここにいるよ。

大きく両手を振《ふ》ってみせるが、呼ぶ声はやまない。合間に言葉がかわされる。

どこへ行ったんやろう。どうしたんやろう。心配や。心配や。

ここだよ！　祖父ちゃん、祖母ちゃん！

必死で声を出すが、祖父母には聞こえないようだ。穂高、穂高、と呼び続ける。

山神様が心配なさってる。早《は》よう出ておいで。

穂高、と呼ぶ声が低く響《ひび》く声に変化した。颯の声だ。

穂高、穂高、とくり返し呼ぶ。

苛立《いらだ》っている。――否《いや》、焦《あせ》っている？

どこにいる、返事をせぇ。

颯が名前を呼んでくれていること、そして捜《さが》してくれていることが嬉《うれ》しくて、胸が熱くなる。

穂高は思わず叫《さけ》んだ。

ここです、ここにいます！

「颯さん……！」

自分の声が大きく耳に響いて、穂高はハッと瞼《まぶた》を持ち上げた。

視界に飛び込んできたのはシーツの白だ。

祖父母の家で寝泊《ねと》まりしている部屋の布団《ふとん》の上でないことは、すぐにわかった。体を横たえている場所がやけにごつごつとして硬《かた》かったからだ。それに緑や土の匂《にお》いがする。地面の上に敷《し》かれたシーツに寝転んでいるらしい。

視線を上げると、そびえ立つ木々が見えた。生《お》い茂《しげ》る葉も、それらの隙間《すきま》から見える晴れた空も、なぜか灰色だ。

改めて周囲に目をやると、案の定、そこは森の中だった。黒い霧《きり》のようなものに取り囲まれているせいで、夏の緑一色に染まっているはずの景色が濃い灰色に見える。

どこだ、ここ……。

留吉が泊まっている旅館にいたはずなのに、なぜこんなところにいるのか。

とりあえず起き上がろうとした穂高は、手が自由に動かせないことに気が付いた。脚《あし》も動かせない。慌《あわ》てて手首を見遣《みや》ると、タオルが巻かれ、その上からしっかりと紐《ひも》で結ばれていた。足首も同じようにタオルと紐で縛《しば》られている。なんとか解《ほど》こうと手足を動かしてみるが、紐はびくともしなかった。

「そないに暴れたらいけません。タオルが巻いてあっても、傷がつくかもしれませんよって」

妙《みょう》に愛想《あいそ》のいい物言いが聞こえてきて、穂高は顔を動かした。

黒い霧の向こうに現れたのは留吉だ。彼も全身、灰色に見える。

目が合うと、留吉はニッコリ笑った。そして穂高の正面にしゃがみ込む。

香水《こうすい》のきつい香りが漂《ただよ》ってきて、穂高は眉《まゆ》を寄せた。また大量につけたらしい。

「おはようございます。ちゅうてもまだ昼間ですけど。よう寝《ね》てはりましたなあ」

「昨夜《ゆうべ》眠れてなくて……。そんなことより何ですか、これ。見てないで解いてください」

思い切り顔をしかめて、縛られた手首を突き出す。

しかし留吉は動こうとしない。

「やー、すんませんけど、もうちょっとの間、そのままでお願いしますわ」

「どうしてですか！」

強い口調で問うと、留吉はあきれた顔をした。

「穂高様、主様から昨日の話聞いてはりませんのかいな」

「昨日の話って……」

「ほれ、山の水源を利用した儲《もう》け話ですよ。法律ができて水源地の地価が上がるていう。今、パンフレットとサイトを作るために、プロのカメラマンに頼んで祠《ほこら》の奥にある滝壺《たきつぼ》の写真と動画を撮《と》ってもろてるんですわ。村の子供らがよう遊んでた小川の辺りも下見したんやけど、どうも迫力に欠ける。やっぱり滝壺の辺りを撮った方が信憑性《しんぴょうせい》が増しますさかい」

けろっと言ってのけた留吉に、穂高は眉をつり上げた。

「人を騙《だま》しちゃだめだって颯さんに言われたでしょう！　あきらめてなかったんですか！」

「あきらめてませんよー。穂高様が主様から離れられた上に、わしのとこへ来てくださったんでチャンスや思て。主様に、穂高様は無事に帰しますさかい今だけ目ぇ瞑《つぶ》ってくださいてお願いしたんですわ」

「それはお願いじゃなくて脅迫《きょうはく》です。つまり僕は今、人質《ひとじち》になってるってことですね？」

そういうことになりますなあ、と留吉はもっともらしく頷《うなず》いた。悪びれる様子は全くない。

「きっと今頃《いまごろ》血眼《ちまなこ》になって捜してはるんでしょうけど、なにぶんここは主様の山から遠い。それにほれこの通り、結界も張ってありますよって」

留吉が指さしたのは、穂高を取り囲む黒い霧だ。

「わしが仕《し》掛《か》けたトラップにも気付かはらんかったぐらいや、今の主様には穂高様の居場所を見つけるんは難しいでしょうな」

「トラップって……」

「主様の今のお力がどの程度なんか探《さぐ》るために、滝壺の水面が地面に見えるトラップを仕掛けたんですよ。あれに気付かはらへんて、まだ到底《とうてい》元通りというわけにはいかんようですな」

三日前、滝壺に落ちそうになったことを思い出し、あ、と穂高は小さく声をあげた。

あれは僕の不注意じゃなくて、留吉さんが仕掛けた罠《わな》だったのか。

太郎と薫が山に妙な気配があると言っていたことも思い出す。留吉の仕業《しわざ》だろうと言っていたが、その通りだったようだ。先ほど小川へ下見に行ったと言っていたから、火事の原因となった煙草《たばこ》は彼の仲間が捨てたのだろう。

穂高が考えを巡《めぐ》らせる様を、留吉は笑《え》みを浮《う》かべて見ている。

どうやら颯は留吉の要求を呑《の》んだらしい。力を取り戻《もど》すためには穂高が必要だから、仕方がなかったのかもしれない。

理由はどうであれ、颯さんに迷惑《めいわく》をかけちゃった……。

颯だけではない。神聖な山を住処《すみか》とする太郎、薫、クリ、マメにも迷惑をかけてしまった。

留吉さんには用心しろって言われてたのに、感情的になって頼っちゃった僕が悪い。

穂高は自分の間抜《まぬ》けさに奥歯を嚙《か》みしめた。なんとか解けないかと脚と腕《うで》を動かすが、やはりびくともしない。

呑気《のんき》に寝てる場合じゃなかった。

これ以上、迷惑をかけたくない。なんとか自力で脱出《だっしゅつ》しなければ。

状況《じょうきょう》を把握《はあく》するために、穂高はとりあえず留吉に話しかけることにした。

「留吉さんがやろうとしてる詐欺《さぎ》は、それなりに日数がかかりますよね。僕をずっと人質にし続けることはできないと思いますけど、これから先はどうするんですか？」

穂高が紐を解いてほしいと泣きつくとでも思っていたのか、留吉は目を見開いた。が、すぐに首をすくめて軽い口調で言う。

「信憑性のある動画と写真さえ撮れたら、それらしいパンフレットとサイトは作れますよって。後は適当にごまかします」

「ごまかすって」

「現場を見たいて言う輩《やから》が出てきたら、別の山に連れてくしかないでしょうな。まあ、ぼろい儲け話に乗ってくるような人間は、早い者勝ちですよーとか、今しかチャンスはありませんよーとか言うたら、現物を確かめもせんと金出しよりますよって。自分の目できちんと確かめたい言う方が少数ですわ」

留吉の言葉には説得力があった。人の世界で暮らしているうちに、いろいろと学習したのだろう。

「でもその詐欺を実行に移したら、もう二度とあの山には帰れなくなりますよ」

脅《おど》しでも何でもなく、思ったことをそのまま口にする。

また同じような話を持ってきたら、二度とここには戻れんと思え、と颯は言った。彼は既《すで》に留吉が火事の原因を作った人間を山に引き入れたことを知っていたのだ。留吉自身が放火したわけではなかったから黙《だま》っていただけだろう。もしかしたら昨日、留吉が話をしに来たとき、自らの行いを反省しに来たのではないかと期待したのかもしれない。だからこそ、反省するどころか詐欺計画を話した留吉に怒《おこ》ったのではないか。実際に山を利用して人を騙したら、どれほどの怒《いか》りを買うことか。

「それに今の颯さんは、僕がトラップにひっかかったときの颯さんじゃありません。次の日、僕に触《さわ》ったから力が増してるはずです。縁側《えんがわ》で話したときに気付きませんでしたか？」

え、と留吉は声をあげた。二重《ふたえ》の目は驚《おどろ》きに丸くなっている。

どうやら気付かなかったらしい。

「触ったて、穂高様、主様に抱《だ》かれはったんですか？」

「え？　や、う……、その、さ、最後までは、してませんけど……」

しどろもどろで答える。手足を縛られている状況なのに頬《ほお》が熱くなった。

赤面した穂高をまじまじと見つめた留吉は、穂高が言ったことは事実だと認識《にんしき》したらしい。落ち着きなく視線をさまよわせたものの、やがて自嘲《じちょう》するような笑みを浮かべた。

「どっちみち、わしはもう山には帰れませんからな。最後にせいぜい利用さしてもらいます」

「なんで帰れないんですか。火事を引き起こしたのは、留吉さんじゃないですよね。仲間の人間の不注意が原因だ。ちゃんと謝れば颯さんは許してくれますよ。こんなバカな真似《まね》をしなきゃ帰れます」

縛られた両手を留吉の方へ突《つ》き出した穂高は、まっすぐに留吉を見つめた。

「感情的になって飛び出した僕が悪かったんです。僕が留吉さんを頼《たよ》ったから、留吉さんも僕を人質にすることを思いついちゃった。山神様に連なる留吉さんにこんなことを言うのはおかしいですけど、魔《ま》がさしたんですよ。計画的にやったわけじゃない。だからこれを解いてください。僕も颯さんに謝らなくちゃいけないことがあるんです。留吉さんも一緒《いっしょ》に謝りましょう」

真剣《しんけん》な口調で言うと、留吉は言葉につまった。そらした視線に迷いが見え隠《かく》れする。が、その迷いを振《ふ》り払《はら》うように強く頭《かぶり》を振った。

「謝ることはできません。主様はわしのことはお許しにならん。もう遅《おそ》い」

「遅くないですよ。大丈夫《だいじょうぶ》です。まだ間に合う」

どこか投げやりな物言いに思わず語気を強めると、留吉は、びく、と体を揺《ゆ》らした。

だって留吉さんは、紐《ひも》で縛《しば》る前にタオルを巻いてくれた。

傷がつかないようにしてくれたのだ。人を思いやる気持ちを完全になくしたわけではない。

「いや、ほんまにもう遅いんです。仮に主様のお怒りを買わんかったとしても、わしはもう山には戻れん。人の中で生きていくしかない」

今まで一度も聞いたことがない暗い物言いに、穂高は瞬《まばた》きをした。

「それって、もう神に近い存在として生きられないってことですか?」

返ってきたのは重い沈黙《ちんもく》だった。

そういえば、留吉が貉《むじな》の姿になっているところを一度も見たことがない。「神性」も感じられない。ごく普通《ふつう》の人間のようだと何度も思った。

香水を大量に使うのは、颯たちに会うときだけだ。穂高にはわからないが、留吉は山の者特有の何らかの匂《にお》いを失ったのかもしれない。だから香水でごまかしている。

そう考えると、颯が穂高を愛撫《あいぶ》して力を得たことに気付かなかったのも納得《なっとく》できる。颯がどんなに力を得ても、人に近くなってしまった留吉には、もはや少しも影響《えいきょう》しないのだ。

穂高の考えていることを察したのか、留吉は苦笑《くしょう》した。

「わしは山で暮らしてるときから、人間の心ていう漠然《ばくぜん》としたええ加減なもんに、自分の生き死にを左右されるんが嫌《いや》でした。人間の都合で生まれて人間の都合で消えるなんて、まっぴらごめんや。せやから人里へ下りたんです。もともと金儲《かねもう》けに興味があったこともあって、それなりにおもしろおかしい暮らせた。人の世で生きてくために必要なんは、何を置いても金やてよう学んだ。せやから何をやってでも、大金を手に入れるて決めたんです」

金に興味を持ち、それに関する物事に触れるうちに、人に染まりすぎたのだろう。

眷属《けんぞく》ではない貉は、もともと薫や太郎に比べて力が弱かったのかもしれないし、そもそも性質が違っていたのかもしれなかった。だから溶けて消えるのではなく、人間に近くなってしまったのだ。加えてブランド物や高級外車を好む、留吉自身の享楽《きょうらく》的な性格も災《わざわ》いしたか。

でもやっぱり、留吉さんだけが悪いんじゃない気がする。僕が神様だったとしても、人間の都合で消えるなんて嫌だって思うかもしれない。

しかしそれでも、やって良いことと悪いことがある。

穂高は小さく息をついた。

「だからって人を騙《だま》しちゃだめですよ。きちんと事情を話して、颯さんに謝りましょう。颯さんは留吉さんが人の世界でどうやって生きてるのか心配してました。颯さんなら、きっとわかってくれます」

ね、と声をかけると、留吉はそろそろと視線を上げた。

「主様が、わしを心配してはったてほんまですか？」

「ほんとです」

「穂高様も、一緒に謝ってくれはりますか？」

「はい、もちろん」

「ほんまですね？」

「ほんまです」

留吉と同じ方言で言って、しっかり頷《うなず》いてみせる。

すると留吉は、ほんの少し笑った。

「わ、わかりました……。ちょっと待っててください、今、結界を退《ど》かしますよって……」

留吉は穂高を取り囲む黒い霧《きり》に触《ふ》れようと手を伸《の》ばした。

途端《とたん》に、黒い霧は音もなく寄り集まって塊《かたまり》となり、留吉の手を鋭《するど》く弾《はじ》く。

わっ！　と声をあげた留吉は、ふうふうと指先に息を吹《ふ》きかけた。相当痛かったらしい。

「ああ、びっくりした。すんません、穂高様、もう一回」

今度は先ほどより大胆《だいたん》に腕ごと突っ込む。

すると黒い霧は再び一気に集まり、留吉の体を弾き飛ばした。

まるでゴム毬《まり》のように留吉の体がもんどり打つのを、穂高は呆然《ぼうぜん》と見つめた。数メートル飛ばされた留吉は、地面に伏《ふ》したまま動かなくなる。

ぶわ、と拡散した黒い粒子《りゅうし》は、再び霧となって穂高を囲った。

「留吉さん！　大丈夫ですか！」

慌《あわ》てて駆《か》け寄ろうとするが、手足を縛られているのでどうすることもできない。

留吉さん！　と呼ぶと、低くうなる声が聞こえてきた。留吉はゆっくり体を起こす。

安堵《あんど》の息をついた穂高とは反対に、顔も服も泥《どろ》だらけになった留吉は、己《おのれ》の格好を見下ろした。ただ汚《よご》れただけではなく、生地《きじ》が朽《く》ちていることに気付いたらしく、ガタガタと震《ふる》え出す。

「ど、ど、どないしょう、言うことを聞きよらん……」

「言うこと聞かないって……、この黒いの、何ですか？」

「ひ、人の世で、拾い集めてきたもんです……。人間の、恨《うら》みつらみやら、妬《ねた》み嫉《そね》みやら、殺意やら怨念《おんねん》やら……」

「なんでそんなもの集めたんですか！」

思わず怒鳴《どな》ると、留吉は叱《しか》られた幼子のように首を引っ込めた。

「わ、わしにはもう、ほとんど力が残ってませんよって……。何かの役に立つか思て……」

「何言ってるんですか、そんなの、役に立つわけないでしょう……！」

どうしたって消せない人間の醜《みにく》いものにすがった留吉に、泣きたいような気持ちになったそのとき、留吉の背後から眩《まばゆ》い光が差した。

圧倒《あっとう》的な存在感を持つ何かが迫《せま》ってくる。

刹那《せつな》、青白い光の塊が黒い霧の前に現れた。

「無事か、穂高！」

辺りにわんわんと響《ひび》く声で呼んだ光の塊の正体は、見上げるばかりの大きな狼《おおかみ》だった。艶《つや》やかなこげ茶の毛並みが、青白く光っている。

続けて狼の隣《となり》に大きな猪《いのしし》が躍《おど》り出た。ばさ、と頭上で乾《かわ》いた音がして空を見上げると、やはり大きな蝙蝠《こうもり》が舞《ま》っている。二匹《ひき》とも狼よりは弱いが、白い光を放っていた。

颯さんと太郎さんと薫さんだ！　助けにきてくれた！

穂高の周りを囲む黒い霧が、激しく動揺《どうよう》したかのようにざわざわと蠢《うごめ》く。

「ぼ、僕は大丈夫です。でも、留吉さんが……」

「ぬ、主様、よう来てくれはりました！　穂高様を助けてください！」

足元に這《は》いずってきた留吉を、狼はそこだけ金色に燃える瞳《ひとみ》で一瞥《いちべつ》した。

「おまえに言われるまでもない！　だいたい、もとはと言えば全部おまえのせいやろが！　後でよう覚えとけ！」

地の底から響いてくるような声で怒鳴られ、ひい、と留吉は悲鳴をあげた。座ったまま後ずさった彼を、猪と蝙蝠——太郎と薫が取り囲む。

颯はそれきり留吉から興味をなくしたように、穂高の方へ歩み寄った。

すると黒い霧が濃《こ》くなり、颯と穂高の間に壁《かべ》を作る。それでも穂高の縛られた手足は見えたらしい。凶暴《きょうぼう》そのものの唸り声が、狼の喉《のど》の奥からあふれ出た。

「退け。今すぐに退け」

静かな物言いだったが、黒い霧はまたざわざわと蠢いた。しかし壁はなくならない。

刹那、一気に周囲の温度が下がった。

「退けというのがわからんのか！」

咆哮《ほうこう》にも聞こえる声が辺りにこだましたかと思うと、狼は勢いよく黒い壁に飛びかかった。

壁はたちまち、颯と同じぐらいの大きさ——体長二、三メートルはあるだろう——の獣《けもの》の形に変化し、狼の喉笛《のどぶえ》に噛《か》みつこうとする。

が、牙《きば》をむいた狼はそれをすんでのところでかわした。体勢を立て直し、再び黒い獣に飛びかかる。獣の形をしているとはいえ、もとは霧のようなものだ。役に立たないかと思った颯の牙だったが、獣の体に突《つ》き刺《さ》さる。

しかし黒い獣も負けてはいない。喉に噛みつくのは無理と悟《さと》ったのか、今度は手当たり次第《しだい》に鋭く尖《とが》った爪《つめ》を立てようとする。

颯が素早《すばや》く避《よ》けたせいで、爪は彼の背後の木を切り裂《さ》いた。生《お》い茂《しげ》っていた緑の葉が一瞬《いっしゅん》で萎《しお》れる。幹も枯《か》れてしまったのか、どおん！　と地響《じひび》きをたてて木が倒《たお》れた。

体勢を立て直した黒い獣が、すかさず爪を振《ふ》りかざす。颯がまた避けたので、どおん！　と別の木が倒れる。そうして更《さら》に一本、また一本と木が倒れていく。

太い幹が地面に崩《くず》れ落ちる音だけでなく、みしみしという木の悲鳴のような音が辺りに響きわたり、地面が激しく揺《ゆ》れた。その揺れのせいで体が浮《う》いているのか、単に体が震えているのかすら、よくわからない。

わずかに生じた黒い獣の隙《すき》をつき、颯は反撃《はんげき》に出た。巨体《きょたい》をものともせずに軽々と飛びかかり、獣の喉元《のどもと》に牙を突き刺す。

黒い獣が吠《ほ》えた。その声はありったけの怨念を込めた呪詛《じゅそ》のようで、思わず全身を縮める。息絶えるかと思ったが、黒い獣は死ななかった。それどころか颯に飛びかかる。

とうとう二頭は取っ組み合い、地面に転がった。

二頭の体が激しくぶつかったせいで、またしても木がなぎ倒される。どおん！　どおん！と木が倒れる音にかぶせるように、二頭のうなり声が雷鳴《らいめい》のように山に轟《とどろ》く。いつのまにか出てきた冷たい風が、ごうごうと音をたてて吹きつけた。ただ、既《すで》に神を失ったらしい山そのものは沈黙《ちんもく》するばかりだ。

全身に鳥肌《とりはだ》が立っているのがわかった。ただの人である穂高は、圧倒されるばかりで息すらまともにできない。

ほんの一瞬の隙をついて、黒い獣が颯の喉元に噛みつこうとした。

「颯さん……！」

無意識のうちに叫《さけ》ぶと同時に、颯の牙が黒い獣の首筋に食い込んだ。そこから白い光があふれ出る。光は徐々《じょじょ》に強くなっていく。

あまりの眩《まぶ》しさに瞼《まぶた》を閉じてしまいたかったが、颯が心配でたまらなくて、穂高は懸命《けんめい》に目を凝《こ》らした。

やがて獣の黒い体は眩い光に呑《の》み込まれ、呆気《あっけ》なく霧散《むさん》する。

少しずつ収まっていく光の中から現れたのは、人の姿になった颯だった。

ああ、ほんとに颯さんだ。助けてくれた。

わかっていたはずのことを改めて思うと同時に、硬《かた》く強張《こわば》っていた全身から力が抜《ぬ》ける。

「穂高！」

呼んだ声が聞こえたかと思うと、強い力で抱《だ》き起こされた。

見上げた先にあったのは、安堵と不安が入り混じった琥珀色《こはくいろ》の瞳だ。

「遅なって悪かった。今解《ほど》いたるさかい」

優《やさ》しく言って、穂高の体を背後から包むように抱いたまま紐《ひも》を解いてくれる。穂高の皮膚《ひふ》を傷つけないように気遣《きづか》っているとわかる慎重《しんちょう》な仕種《しぐさ》が、泣きたくなるほど嬉《うれ》しい。

それに、凄《すご》くあったかい。

背中を支えてくれる胸の温かさと確かさに、もう本当に大丈夫《だいじょうぶ》なんだと実感して、深いため息が漏《も》れた。しかし颯の頭から獣の耳が出ているのが視界に入ってハッとする。

颯さん、相当無理したんだ。

「あ、あの、颯さん、ごめんなさい」

颯は驚《おどろ》いたように瞬《まばた》きをした。

「なんでおまえが謝る」

「勝手に飛び出して、颯さんの言うこと聞かないで留吉さんを頼《たよ》って迷惑《めいわく》かけたから……。太郎さんと薫さんも、ごめんなさい。すみませんでした」

少し離《はな》れた場所にいる薫と太郎——こちらは蝙蝠と猪のままだ——にも頭を下げる。

穂高、と呼ばれて恐《おそ》る恐る上げた視線の先には、優しく光る金色の瞳があった。

「誰《だれ》が何と言おうと、一番悪いのは留吉や。けど確かに、わしの言うことを聞かんかったおまえも悪い。それに、わしにも悪いとこがあった」

「そんな、颯さんは何も悪くないです」

首を強く横に振ったそのとき、留吉！　と猪が吠えた。留吉は、ひ、と声をあげて固まる。

穂高と颯が話しているのをいいことに、逃《に》げようとしたらしい。

颯の底光りする瞳が、まっすぐに留吉を射た。

「留吉、おまえがよこした人間ども、おまえの悪巧《わるだく》みの仲間かどうか知らんが、煙草《たばこ》を捨てた奴《やつ》には多少記憶《きおく》は残しといたぞ。当分の間、毎晩悪夢を見るやろう。それから、写真を撮《と》ってた奴は記憶を抜いてお引き取り願《ねご》うた。機械は壊《こわ》したさかい何も撮れてへんはずや。あきらめるんやな」

冷たい物言いに震えあがった留吉の足元には、いつのまにか数十匹の蜈蚣《むかで》が這い寄ってきていた。そのまま留吉の体を登っていく。とうとう首や顔にまで達した蜈蚣たちは、そこに留《とど》まった。留吉は喉の奥から細いうめき声を漏らす。蜈蚣がざわざわと脚《あし》を動かしている様は、見ているだけでも恐ろしい。

「留吉さん、ほんとのことを言いましょうよ。その上でちゃんと謝りましょう」

思わず言った穂高を、留吉は涙目《なみだめ》で見遣《みや》る。

「も、もう無理です、もう遅《おそ》い」

「言ってみなくちゃわからないじゃないですか！　ねえ、颯さん！」

足首の紐も解いてくれた颯は返事をしなかった。かわりに多少赤くなっているものの、傷はついていない穂高の足首をそっと撫《な》でる。

慈《いつく》しむような優しい仕種に、じわりと胸の奥が熱くなった。

　しかし次の瞬間《しゅんかん》、颯の全身から冷たい何かが噴《ふ》き出すのがわかって焦《あせ》る。

「あの、颯さん、留吉さんは時間を稼《かせ》ぐために僕を動けないようにしたかっただけで、僕を傷つけたいわけじゃなかったんです。反省して、僕を解放しようとしてくれてたし」

「おまえを縛《しば》って、得体の知れん結界を張ったことに変わりはない」

「それはそうですけど、でも、留吉さんにも事情があって」

「どんな事情があろうと、許すわけにはいかん」

「でも、ちょっとぐらい話を聞いてあげても」

「なんでおまえが留吉をかばう！」

　怒鳴《どな》られると同時に両の肩《かた》を強くつかまれ、びくっと首をすくめる。

　もっと何か言われるかと思ったが、颯はしばらく穂高の顔を見つめた後、ふいと横を向いた。かと思うと、自らを落ち着けようとするかのように息を吐《は》く。

「だいたい、留吉の事情はわかっとる。力がほとんどのうなっとるんやろ」

　穂高だけでなく猪《いのしし》と蝙蝠《こうもり》――太郎と薫も、え、と声をあげた。

　首筋や顔を這《は》う蜈蚣に頰《ほお》をひきつらせながら、留吉がつぶやく。

「ご、ご存じやったんですか……」

「なんぼ力が弱まってても、それぐらいはわかる。貉《むじな》に戻《もど》れへんのも、人臭《くそ》うなったんを香水《こうすい》でごまかしとるんもな」

不機嫌《ふきげん》そのものの口調で言った颯は、もう一度大きく息を吐いた。穂高の肩をつかんだままでいた手をそっと離し、留吉に向き直る。そして水滴《すいてき》を払《はら》うかのように軽く手を振った。

すると、蜈蚣たちが一斉《いっせい》に留吉の体から下り始める。地面にたどり着いた彼らは四方八方に散っていき、すぐに姿が見えなくなった。

いつでも飛びかかれる体勢でいた太郎と薫も力を緩《ゆる》め、まじまじと留吉を見つめる。彼らは留吉の力がなくなっていることに気付いていなかったらしい。

「そやからいうておまえは、山で暮らし続けることはできんかったやろうが」

颯のその言葉に、萎《しお》れて背中を丸めていた留吉はのろのろと顔を上げた。

颯は一片《いっぺん》の濁《にご》りもない金色の瞳《ひとみ》で、まっすぐに留吉を見つめる。

「おまえはもともと人間臭《くさ》い奴やった。山で暮らしてたときも、よう人の姿になって村に来る行商人と楽しげに話をしとったやろ。人間の都合で生まれて人間の都合で消えるなんてごめんやて言うたんは本心やろう。腹が立つし憎《にく》いのもほんまやろうけど、一方でおまえは、人と人の暮らしが好きやった。山を出るて言うたとき、わしは止めたはずや。おまえは人に近い。近すぎて、いつか力がのうなって、へたしたら人間になってしまうかもしれん、てな。そんでも出て行ったんはおまえや。そんなになるまで帰ってこんかったんもおまえや」

静かな物言いに、留吉は声もなく項垂《うなだ》れた。颯が言ったことは全《すべ》て事実なのだろう。

颯は視線をそらさず、静かに続けた。

「今回のことは、穂高に免《めん》じて許したる。そのかわり、二度と人を騙《だま》そうなんて考えるな。もしやったら、おまえがどこにいようとわしが必ず捜《さが》し出して食い殺す。ええな」

その言葉に嘘《うそ》はないとわかった。約束を破れば、颯は本当に留吉を食い殺すだろう。山神様は守ってくださることもあれば、祟《たた》ることもあると祖父は言った。全ては行い次第《しだい》、心がけ次第や。

恐怖《きょうふ》なのか歓喜《かんき》なのか、自分でもよくわからない熱い感情が込み上げてくるのがわかった。愛《いと》しいけれど恐ろしい。恐ろしいけれど愛しい。

留吉が小さく頷《うなず》いたのを確かめた颯は、おもむろに穂高の腰《こし》をつかまえた。わ、と声をあげると同時に、腕《うで》に抱《かか》え上げられる。まるで穂高の体重など感じていないかのように、そのまま身軽に立ち上がった。

「太郎、薫、帰るぞ」

颯の言葉に、猪と蝙蝠は深く頭《こうべ》を垂れる。

刹那《せつな》、びゅうと音をたてて冷たい風が吹《ふ》き、穂高は反射的に目を閉じた。

次に目を開けたときには、祖父母の家の畳《たたみ》の部屋にいた。

前にも一瞬《いっしゅん》で祠《ほこら》の前へ移動した経験があるが、やはり驚きのあまり固まってしまう。

「ほだかさま！」

興奮した高い声が聞こえたかと思うと、颯の両の肩にクリとマメがそれぞれちょこんととまった。二羽《わ》の姿に緊張《きんちょう》が解けて頬が緩む。

「ごめんね、心配かけて」

「だいじょうぶ？　けがしてへん？」

「何ともないよ、大丈夫」

「よかった！　よかった！」

嬉しそうな声をあげたクリを太郎が、穂高の肩に飛び移ろうとしたマメを薫が手でつかんだ。

太郎も薫も、いつのまにか人の姿になっている。

二人はクリとマメを素早《すばや》く己《おのれ》の着物の袂《たもと》に入れた。

「主様、穂高様、どうぞごゆっくり」

「我らは退散いたします」

部屋を出て行く太郎と薫の袂の中で、なにするん、だして、だして、と二羽が騒《さわ》ぐ。

後でな、と二羽を制する太郎と薫の広い背中に、穂高は礼を言った。

「薫さん、太郎さん、すみませんでした！　ありがとうございました！」

太郎と薫はちらと振《ふ》り返って微笑《ほほえ》んだ。が、立ち止まることはなく、あっという間に姿が見えなくなる。

部屋に残されたのは、颯と穂高の二人だけだ。しん、と沈黙《ちんもく》が落ちた。

今更《いまさら》ながら、颯に横抱《よこだ》きにされている体勢が恥《は》ずかしくなってくる。これはいわゆるお姫様《ひめ》抱《だ》っこというやつだ。

「あの、颯さん、下ろしてもらえませんか？」

「嫌《いや》や」

きっぱり断られ、穂高は呆気《あっけ》にとられた。

颯は穂高を抱いたまま勢いよく腰を下ろす。あまり音がしなかったのは、颯が座ったのが布《ふ》団《とん》の上だったからだ。穂高が使っているものとも颯が持ち込んだものとも違《ちが》う、初めて見る上等な布団が敷《し》かれている。

颯さんが出してくれたのかな。

尋《たず》ねようとした穂高を遮《さえぎ》るように、颯は不機嫌な口調で話し始めた。

「全くおまえは勝手なことしよって。ここらの山を出てしもたら、今のわしにはまだおまえの気配を感じ取るんは難しいんや。和代と益男が見つけてくれんかったら、どうなってたか」

「え、祖父《じい》ちゃんと祖母《ばあ》ちゃんが来てくれたんですか？」

「そうや。後でよう礼を言うとけ」

「はい。すみませんでした」

そういえば旅館で眠《ねむ》ってしまったとき、祖父と祖母に何度も呼ばれた気がする。

あれ、夢じゃなかったんだ……。

二人が眠る墓に、改めて線香《せんこう》と花を供えなければ。

「それから留吉に仕掛《しか》けた蜈蚣《むかで》。あれはマメとクリのもんや。マメとクリにも礼を言うとけよ」

「え、なんでマメちゃんとクリちゃんが蜈蚣なんか持ってるんですか？」

「山に害を為《な》す者《もん》に罰《ばつ》を与《あた》えるために決まってるやろう。あいつらは他《ほか》にも、蜂《はち》やら虻《あぶ》やら毒《どく》蛇《へび》やらを使役《しえき》できるぞ」

「そうなんだ……」

マメとクリも山神の眷属《けんぞく》なのだ。ただ人の言葉を話すだけの雀《すずめ》であるはずがない。

僕はほんとに皆《みんな》に心配かけて、皆に助けてもらったんだ。

「颯さん、すみませんでした」

本当はきちんと正座をして謝りたかったが、颯の手がしっかり体をつかんでいるので身動きがとれない。仕方なく横抱きにされたまま頭を下げる。

すると、颯は眉《まゆ》を寄せた。

「謝罪はもうええ。何回も聞いた」

「や、でも、ほんとに迷惑《めいわく》かけちゃったから……。それに、助けてもらったことだけじゃなくて、他にも謝らないといけないことがあるんです」

改まった口調で言えば放してくれるかと思ったが、颯の腕はびくともしない。

ごく近くにある琥珀色《こはくいろ》の瞳にじっと見つめられ、じわじわと頬が熱くなる。颯の頭にある獣《けもの》の耳が、ひとことも聞き漏《も》らすまいとするようにこちらを向いているのもいたたまれない。

恥ずかしくてそらしそうになる視線を、穂高は懸命《けんめい》に颯に据《す》えた。

「好きじゃないって言ったの、嘘です。嘘ついてごめんなさい。ほんとは、凄《すご》く好きです」

そこまで一息に言ってのけると限界がきた。頬だけでなく全身が燃えるように熱くなっているのがわかって、耐《た》え切れずにうつむく。

しかし恥ずかしいからといって、ここで黙《だま》ってしまうわけにはいかない。

ちゃんと、僕が何をどんな風に考えて、嘘をついちゃったのか伝えないと。

「颯さんが、僕のことをどう思ってるのか一回も聞いてないことに気が付いて、不安になっちゃって。もやもやするって言ってたのも、山を捨てた人間の僕と……、あの、その……、セックス、して……、力を取り戻《もど》すのが嫌っていうか、理不尽《りふじん》に感じてるんじゃないかなって、思って。颯さんがそういう風に思うのは仕方がないと思うんです。事実ですから。でも僕は、颯さんのことが好きだから、好かれてないのは悲しいし、辛《つら》い」

です、と続けようとした言葉は、顎《あご》を強引《ごういん》にすくわれたことで遮られた。

驚《おどろ》いて、颯さんと呼んだ声は、当の颯の唇《くちびる》に奪《うば》われる。

開いていた唇に舌が差し込まれ、たちまち口づけが深くなった。熱をもった穂高の口内を、颯は貪《むさぼ》るように愛撫《あいぶ》する。

「んう、ん……、んん」

感じるところもそうでないところも余すことなく舐《な》めまわされ、喉《のど》の奥から甘ったるい声が漏れた。その声に煽《あお》られたように、顎をつかむ颯の指先に力がこもる。束《つか》の間穂高に息を継《つ》がせたものの、唇は再び深く重なった。

苦しいけれどひどく気持ちがよくて、穂高は自然と颯の首筋に腕をまわした。

もう、颯さんが僕をどんな風に思っててもかまわない。颯さんの力が戻るためだったらキスするし、その先もする。

——いや、颯さんのためじゃない。

僕が颯さんにキスしてほしいんだ。触《さわ》ってほしい。

自らも舌をからめたそのとき、ふ、と颯の唇が離れた。

「は、あ……」

たちまち漏れた甘い吐息《といき》を食《く》らうように、颯がまた口づけてきた。

が、今度は浅く食《は》んだだけで離れてしまう。激しいキスのかわりに発せられたのは、低く響《ひび》く艶《つや》っぽい声だった。

「阿呆《あほう》、全然違うわ。わしがもやもやしとったんは、人を好いたんが初めてやからや」

「はじめて……？」

吐息まじりに尋ねた穂高に、ああと颯は頷《うなず》く。顎をつかんでいた長い指が、頬《ほお》を愛《いと》しげにくすぐった。

「わしはそもそも、人の言う情愛の意味で人を好いたことがなかった。そやから、自分のことそっちのけで人のことばっかり気にするおまえが無性《むしょう》に愛しかったり、そういうおまえを喜ばしてやりたかったり、おまえが笑うんを見て嬉《うれ》しいなったり、おまえを独占《どくせん》してわしのことだけ考えさしたいて思たり。そういう気持ちが何なんか、自分でもようわからんかった。山の神ともあろうもんが、己の感情やのに少しも己の思い通りにならん。そやからもやもやしとったんや」

真面目《まじめ》な物言いに、はあ、と穂高は小さく相づちを打った。

濃厚《のうこう》なキスで火照《ほて》っていた頬が、別の意味で更《さら》に温度を上げる。

もう、なんか凄い告白だ……！

単純に好きだと言われるより、何倍もインパクトがある。

自分がどれだけ熱烈《ねつれつ》な愛の告白をしているのか気付いていないらしく、颯は真剣《しんけん》な口調で続けた。

「いっぺん触ってからは、また別の気持ちが湧《わ》いてきた。気持ちていうより欲やな。もっと触って舐めまわして、おまえの体の奥までわしのを呑《の》み込ませたい。そんで、とろとろになるまで感じさせたい。そういう人間みたいなあからさまな欲を持つんも初めてやった。せやからこそ、その欲求のままおまえを抱いて、力を取り戻すんは嫌やった」

「ど、どうしてですか……？」

あまりといえばあまりの表現に、顔から火を噴《ふ》きつつも尋ねる。

すると颯は思い切り顔をしかめた。

「力を取り戻すために抱いたみたいになってしまうやろが。もちろん力は取り戻したい。けど、おまえを抱くんは力のためやない。好いてるからや。愛しいからや。おまえに好きやないて言われて、自分でもびっくりするぐらい衝撃《しょうげき》を受けた。おまえを追いかけられんぐらい呆然《ぼうぜん》としてしもて、ようやっと好いてるてわかったんや。気付くんが遅《おく》れて悪かったな」

熱のこもった視線で見つめられ、穂高は胸の内で歓喜《かんき》の塊《かたまり》が爆発《ばくはつ》するのを感じた。

颯さん、ほんとに僕のことが好きなんだ。

込み上げてきた愛しさに促《うなが》されて、颯にぎゅっと抱《だ》きつく。

「僕も……、僕も、颯さんが好きです」

「ああ、わしも、おまえが好きや」

耳元で囁《ささや》かれた優《やさ》しい声に、泣きたくなってしまう。

「あ、あの、僕、人ですけど、いいんですか……？」

「ええに決まってるやろう。人であろうと何であろうと、山とわしら山の者《もん》を大事に思てくれるおまえやから好きになったんや」

穂高、と呼ばれて少し腕《うで》の力を緩《ゆる》めると、颯が覗《のぞ》き込んできた。ごく近い距離《きょり》に迫《せま》った琥珀色の瞳《ひとみ》に映っているのは、燃え盛るような情欲だ。

見つめられただけで、ぞくりと背筋に甘い痺《しび》れが走る。

「おまえを抱きたい。抱いてええか？」

「え……、あ、はい……」

恥《は》ずかしかったけれど少しも嫌《いや》ではなかったので、穂高は小さく頷いてみせた。

さも嬉しそうに笑った颯の頭から、獣の耳がまだ出ていることに気付く。

「颯さん」

大切に名を呼んで、穂高はそっと獣の耳に触《ふ》れた。温かく弾力《だんりょく》があるそれを、ゆっくり優しく撫《な》でる。

山神様の獣の耳に触れた者は、婚姻《こんいん》を結ばねばならない。

そのことを重々承知の上で撫でたことが伝わったのだろう、精悍《せいかん》な面立《おもだ》ちに、驚きと喜びが混じり合った表情が浮《う》かぶ。

「……穂高」

甘く掠《かす》れた声で呼んだ颯の唇に、唇を奪われた。


「颯さん……、だめ、だめです」

穂高のTシャツを脱《ぬ》がせた颯は、首筋や肩《かた》を思う様甘噛《あまが》みした。やがて鎖骨《さこつ》や胸に舌を這《は》わせ始めた颯の肩を、ごく弱い力で押す。

本当は強く押し返したかったが、たっぷりと時間をかけて施《ほどこ》された濃厚な口づけのせいで力が入らない。

「何がだめや」

尋《たず》ねながらも、颯は上気した肌《はだ》に口づけるのをやめない。既《すで》に首筋にいくつも刻まれている赤い印が、胸にも刻まれてゆく。鋭《するど》い刺激《しげき》が生まれる度《たび》、甘い声をあげてしまう。

「僕……、朝からいっぱい汗《あせ》かいて、汚《きたな》い……。は、あ、お風呂《ふろ》に……、ん、入りたいって、言ったのに……」

絶え間なくキスをされながら、ふかふかの布団《ふとん》に押し倒《たお》されたときに訴《うった》えたのだが、にべもなく却下《きゃっか》されてしまった。

「おまえが、汚いわけあるか。ええ匂《にお》いやて言うたやろが。それに、どうせ汗まみれになるんや。風呂なんか入っても意味ない」

颯の言った通り、穂高の体は欲情してしっとりと濡《ぬ》れている。

だって、凄《すご》く気持ちいい。

いまだに下着とジーンズに包まれたままの性器も、既に高ぶっているのがわかる。

前に触られたときも感じてしまったが、ここまで早く反応しなかった。

「余計なこと考えるな。気持ちええんやったら、喘《あえ》いでたらええんや」

低く響く声で囁いた颯は、穂高の乳首《ちくび》を口に含《ふく》んだ。舌で余すことなく舐めまわしながら、もう片方の乳首を指で弄《いじ》る。

肌に口づけられたとき以上に甘い痺れが生じて、あ、あ、あ、と連続して嬌声《きょうせい》が漏《も》れた。自分の声ではないような、ひどく色を帯びた声だ。

その声が恥ずかしいのも手伝って、颯の広い肩をつかんで引きはがそうとしたものの、彼が着ている漆黒《しっこく》の着物を引っ張っただけに終わってしまう。

「だめ、そんな、同時にしちゃ……！」

「だめなことないやろう……？　こんなに、コリコリにして」

颯は口に含んだ乳首をきつく吸った。そして指で弄っていたもう片方の乳首を押し潰《つぶ》す。

「やっ……！」

掠れた声をあげると、くすぐるように舌先で愛撫《あいぶ》された。指先の愛撫も優しく撫でるものに変わる。あぁ、とため息まじりの嬌声をこぼした途端《とたん》、また強い刺激を与《あた》えられる。かと思うと再び柔《やわ》らかく愛撫された。

「あっ、あ……、そんな、や、あぁ！」

緩急《かんきゅう》のある丁寧《ていねい》な愛撫をくり返され、ひどく感じてしまう。下着の中で性器が濡れるのがわかった。狭《せま》い場所に閉じ込められているせいか、痛いほどだ。

颯の首筋に縋《すが》りついた穂高は、意識しないうちに腰《こし》を淫《みだ》らに揺《ゆ》らした。

「いく、も、いっちゃう……！」

「まだ、触ってへんぞ」

「だって、乳首……、あ、気持ちい、から……、我慢《がまん》」

できない、と言いかけた言葉は、颯に奪《うば》われた。ためらうことなく入ってきた舌が、感じる場所を舐《な》めまわす。既に散々愛撫されて過敏《かびん》になっていた口内は、再び激しい愛撫を受けてますます熱く蕩《とろ》けた。

「ん、ぅん……！」

あまりに気持ちがよくて、口づけられながら達してしまう。

強烈《きょうれつ》な快感が下半身に襲《おそ》いかかり、背筋が反り返った。唇《くちびる》が離《はな》れかけるが、颯は貪欲《どんよく》に追いかけてくる。再び唇がぴったりと重なった。

「は、あ、んん、ん」

気が付けば、穂高自身も舌を差し出して応《こた》えていた。柔らかな粘膜《ねんまく》が触れ合う感触《かんしょく》が、たまらなくいい。互《たが》いの唾液《だえき》が混じり合う淫らな音にすら感じてしまう。

溶《と》けそう……。

夢中でキスを続けていると、ふいに颯が唇を離した。たちまち細い糸が互いをつなぐ。

それをねっとりと舐められ、ぞくぞくと背中が震《ふる》えた。

「いったんか……?」

優しいのに凶暴《きょうぼう》な問いかけに、熱い吐息《といき》が漏れる。

「は……、颯さんが……、キス、するから……」

「そんなに、気持ちよかったか」

嬉《うれ》しげに尋ねられ、はい、と穂高は素直《すなお》に頷《うなず》いた。ごまかす余裕《よゆう》などとうに失われている。

するとまた、ちゅ、と音をたててキスされた。

「どれ、気持ちようなったとこをわしに見せてみろ」

悪戯《いたずら》っぽく言うなり、颯は穂高のジーンズのボタンをはずした。止める間もなくファスナーを下ろされ、下着ごと一気に引きずり下ろされる。

「あ、やっ……!」

性器が布に強く擦《こす》れる感触に、掠れた声をあげてしまう。

露《あら》わになったそれは一度達したにもかかわらず、再び反応していた。電気がついているわけでもないのに、濡れそぼち、色濃《いろこ》く染まって震えている様がはっきりと見える。

「み、見ないでください」

さすがに恥ずかしくなって両手で隠《かく》そうとしたものの、その手はやんわり払《はら》い除《の》けられた。

颯の金色の瞳が細められ、まるで獲物《えもの》を狙《ねら》うかのように穂高の性器を見つめる。

「こんなにいやらしい熟してんのに、隠すことないやろう」

「や、そんな、言わないでください……。あ、触《さわ》んないで……！」

必死の制止も虚《むな》しく、颯は屹立《きつりつ》したものを掌《てのひら》で包み込んだ。かと思うと熱心に扱《しご》き出す。

「あっ、だめ、またいっちゃう……！」

「いってもええぞ。何回でもいけ」

低く甘い声で命令され、耳まで甘く痺れる。

どうにか愛撫をやめさせようと、穂高は颯の手をつかんだ。が、震える指先では引き離すことなどできない。それどころか颯の手の動きについていけず、すぐに離れてしまう。

先端《せんたん》からあふれたものが幹をつたい、颯の手をしとどに濡らした。颯は淫靡《いんび》な蜜《みつ》ごと穂高を愛撫する。くちゅくちゅという粘着質《ねんちゃくしつ》な水音が、絶え間なく部屋に響《ひび》く。それらの音をひとつ残らず拾おうとするかのように、颯の頭の上にある獣《けもの》の耳がぴくぴくと動いているのが、視界の端《はし》を掠めた。

どうしよう、全部聞かれてる。

「いや、やぁっ」

「気持ちようないんか？」

「気持ちい……、けど……。そんな、そんなに、したらだめ……！」

だめという訴えを無視して、愛撫は更《さら》に激しくなった。掌全体を使って擦りたてながら親指で先端を弄られる。

穂高は悲鳴に近い嬌声をあげて身悶《みもだ》えた。踵《かかと》で布団を蹴《け》り、腰を揺らす。

「や、だめ……！　いく……！」

強い快感が性器を直撃《ちょくげき》した次の瞬間《しゅんかん》、びゅ、と勢いよく欲の証《あかし》が迸《ほとばし》った。それが腹や胸、顎《あご》の裏にまで飛んでくる感触にすら感じてしまって、嬌声を止められない。

こんな、二回も連続していくなんて……。

ごくたまにする自慰《じい》のときは一度だけでも疲《つか》れてしまって、もう一回しようなどという気力は全く湧《わ》いてこなかった。

絶頂の余韻《よいん》に浸《ひた》りながら荒《あら》い息を吐《は》いていると、颯が腹に飛んだ蜜を丁寧に舐めた。腹だけでなく、胸に飛んだそれも吸い取る。

手淫《しゅいん》よりずっと弱い刺激《しげき》だったが、二度の絶頂を味わった体はぴくりと反応してしまう。

「は、颯さ……、そんなの、舐めないで……」

「なんでや。前にも旨《うま》いて言うたやろが」

陶然《とうぜん》と囁《ささや》いた颯は、穂高の顎の裏に飛んだ精液もねっとりと舐めた。

温かな舌の感触に、背筋に甘い痺《しび》れが走る。

思わずきつく目を閉じると、今度はしどけなく開いていた内腿《うちもも》に甘い刺激を感じた。のろのろと視線を下ろした先で、颯は日に焼けていない腿に口づける。

きつく吸われて、あ、とまたしても声が漏れた。たちまち内腿に鮮《あざ》やかな赤い花が咲《さ》く。

自分の残した跡《あと》に満足したらしく、颯は目を細めた。かと思うと、尖《とが》った犬歯を立てて皮膚《ひふ》を食《は》む。甘嚙《あまが》みなので傷つきはしないが、その淡い刺激は痺れるような快感を生んだ。

「やめ、やめて、ください……！」

うん？　という風に颯がこちらを見遣《みや》る。

「おまえはさっきから、それぱっかりやな。ほんまは嫌《いや》やないやろ？」

「そ、そうだけど……、また、気持ちよく、なっちゃうから……」

大きく胸を喘がせながら、途切《とぎ》れ途切れに言う。

その証拠《しょうこ》に、穂高の劣情《れつじょう》は二度達したというのに、またしてもゆるゆると反応していた。

颯は情欲を滲《にじ》ませた笑《え》みを浮《う》かべる。

「何回でもいってええて言うたやろが。気持ちええんやったら、気持ちようなっとけ」

低く響く声で囁くなり、颯はまた穂高の性器をつかんだ。

また激しく愛撫されるのかと期待半分、感じすぎてしまう恐怖《きょうふ》半分で息をつめる。

しかし颯は手を動かさなかった。かわりに、穂高の劣情をゆっくりと口に入れる。

「あっ、や、それはだめ……！」

意味が通じる言葉を言えたのは、そこまでだった。唇を使って扱かれ、舐められ、吸われ、やんわりと歯をたてられ、色めいた嬌声《きょうせい》をあげることしかできなくなる。

頭の中は真っ白だった。

熱くて柔らかくてぬるぬるして、凄《すご》く気持ちいい。

一昨日《おととい》、初めて口でされたときも気持ちよかったけれど、それ以上に感じてしまう。あまりの快感に背筋が反り返り、腰が浮いた。性器を颯に押し付ける形になってしまったが、口淫の刺激が強すぎて引くことができない。

穂高の劣情を気に入りの飴《あめ》のように舐めしゃぶる颯にとっては、それが却《かえ》って好都合だったようだ。指で下の膨《ふく》らみを揉《も》みながら口の奥まで頬張《ほおば》り、強く吸い上げる。

「は、はあ、ん、あ、あん」

ひっきりなしに漏《も》れる嬌声が、ますます淫靡に蕩けた。颯が加減をしているのか、いけそうでいけなくて腰《こし》がガクガクと揺《ゆ》れる。上気した肌《はだ》に玉の汗《あせ》が浮かび、その雫《しずく》が体をつたう感触にすら感じる。

強すぎる快感が永遠に続くような気がした穂高は、喘《あえ》ぎながらすすり泣いた。

「も、や、いやっ……」

布団《ふとん》を握《にぎ》りしめて緩《ゆる》く首を横に振《ふ》ると、まるで促《うなが》すように先端を吸われる。もはや痛みともとれる刺激に、悲鳴に近い声をあげてしまった。刹那《せつな》、今日三度目になる蜜がどっとあふれる。

またいっちゃった……。

全身から力が抜《ぬ》けると同時に、颯は穂高の劣情をゆっくり口から出した。

あぁ、と吐息とも嬌声ともつかない声をあげつつぼんやりと視線を下ろすと、放ったばかりのものを颯がちょうど飲み込むところだった。男らしく突《つ》き出た喉仏《のどぼとけ》が、数回上下する。

激しい羞恥《しゅうち》が込み上げてきて、ほろほろと涙《なみだ》がこぼれた。

「ご、ごめんなさい……。我慢《がまん》、できなくて……」

「なんで謝る。この世に二つとない甘露《かんろ》やさかい、わしが飲みたかったんや。それに、わしの頭を見てみぃ」

優《やさ》しく促され、穂高は涙で曇《くも》る目を瞬《またた》いて颯を見上げた。

先ほどまでは確かにあったはずの獣の耳が、跡形《あとかた》もなく消えている。

「前にも言うたが、おまえの淫水はわしの力の源や」

軽く頭を振ってみせた颯は、満足げに笑う。

自らの精液の効能は既《すで》に知っていたけれど、穂高は猛烈《もうれつ》な恥《は》ずかしさを感じた。快感とは別の意味で真っ赤になった顔を、思わず両手で覆《おお》う。

颯が小さく笑った気配がした。

「この程度でそんなに恥ずかしがってどうする。これから、もっと恥ずかしいことするんやぞ」

色めいた低い声が囁いた次の瞬間、両方の膝《ひざ》の裏を捕《つか》まえられた。間を置かず、上へと押し上げられる。左右に広げられた膝が布団についた。布団に胡坐《あぐら》をかいた颯に、浮いた腰をしっかりと抱《かか》えられる。

「やっ……！」

大きく脚《あし》を広げられ、折り畳《たた》まれたような体勢が恥ずかしくて、穂高は身じろぎした。

三度も達してとろとろになった性器だけでなく、露わになった尻《しり》の谷間まで颯の眼前にさらすことになり、羞恥のあまり全身が震《ふる》える。

「離《はな》して、離してください……！」

「嫌や」

即座《そくざ》に拒否《きよひ》した颯の視線が、尻の谷間にある蕾《つぼみ》を這《は》うのがわかった。

そこは今し方の手淫や口淫の際に、穂高が滴《したた》らせたもので濡《ぬ》れそぼっている。

「ああ、ここも濡れとるな……」

低くうなるような声が聞こえたかと思うと、颯は蕾に口づけた。

「あ、だめ、そんなとこ、汚《きたな》い……！」

脚をばたつかせて咄嗟《とつさ》に逃《のが》れようとしたものの、颯は離れなかった。それどころか、執拗《しつよう》に舐《な》めまわす。

とにかく恥ずかしくてたまらなくて、気持ちがいいのか悪いのかすらわからなかった。

が、やめてと制止する声は、次第《しだい》に甘く濡れてくる。三度達した劣情にも、性懲《しようこ》りもなく芯《しん》が通った。全身が焼け焦《こ》げそうなほど熱い。

「や、やぁっ……！」

とうとう舌先が中に入ってきてしまい、穂高は震えた。ぬるぬるとした感触《かんしょく》に内壁《ないへき》を愛撫《あいぶ》され、激しく首を横に振る。

「だめ、舌はだめ……！」

「――わかった。舌はやめよう」

掠《かす》れた声が囁いて安堵《あんど》の息をついたのも束《つか》の間、そこに指が一本、押し入ってきた。

突然《とつぜん》の衝撃《しょうげき》に、ひ、と喉《のど》が鳴ったものの、颯が舐めてくれたせいか、あるいは快感で体が蕩《とろ》けていたせいか、それは支《つか》えることなく侵入《しんにゅう》してくる。

舌では到底《とうてい》届かない場所にまで達した指に内臓を押し上げられるような錯覚《さっかく》に陥《おちい》って、はあはあと忙《せわ》しなく息をする。颯の指が骨太で長いせいか、想像していた以上の圧迫感《あっぱくかん》だ。

「痛いか？」

心配そうに尋《たず》ねられ、穂高は小さく首を横に振った。

「へ、平気、です……。でも、苦し……」

「もうちょっとだけ我慢せぇ、すぐに気持ちようしたる」

低い声が囁いたかと思うと、指がゆっくりと抜き差しされた。

引いては侵入し、また引いては押し込まれる感触に、少しずつ慣れてくる。

指一本なら楽に出入りできるようになって、自然と体の力が抜けてきたところを狙《ねら》ったように、二本目が半ば強引《ごういん》に足された。

「はあ、ん、あぁ……」

我知らず、ぎゅうと颯の二本の指を締《し》めつけてしまう。

「力抜け、穂高。今、気持ちええとこを触《さわ》ったるから」

ひどく優しい物言いに、自然と蕾が綻《ほころ》んだそのとき、颯の指が内部を抉《えぐ》るように動いた。

刹那、今まで経験したことがない鋭《するど》い快感が性器に直接響《ひび》いてくる。

「あぁっ！　あ、あっ！」

高い嬌声が口をついて出た。連続してその場所を擦《こす》られ、浮いた腰が淫《みだ》らにくねる。ゆるゆると反応していた性器が、みるみるうちに張り詰《つ》める。

なんだこれ、こんなの知らない。

性器を愛撫して得られる快感とはまた違《ちが》う、内側から与《あた》えられる剝《む》き出しの刺激に、穂高は身悶《みもだ》えた。初めて味わう強烈《きょうれつ》な快感に、よがる声が止まらない。

「も、そこ、そこは、いや、やぁ……！」

「気持ちええやろ？　おまえ、どこもかしこもとろとろや。……ああ、中も動いてきたな。もう一本入れるぞ」

その言葉の通り、もう一本指が押し入ってくるのがはっきりとわかった。感じすぎたせいか、全身の感覚がかつてないほど鋭敏《えいびん》になっている。

「ぁあんっ……！　あ、あ！」

三本の指が縦横無尽《じゅうおうむじん》に中をかき乱す。たちまちぐちゅぐちゅと卑猥《ひわい》な音があふれた。が、颯の言った通り、そこは充分柔《じゅうぶんやわ》らかく解《ほぐ》れているらしく、痛みは全く感じない。かわりに、穂高は狂《くる》わんばかりの強い快感に襲《おそ》われた。三本の指のうちのどれか一本が、常に感じる場所を押してくるので、息をつく間もない。

自ら腰を揺すったために、再び限界近くまで高ぶった性器が己《おのれ》の腹に擦れた。いく、と意識する間もなく、それは呆気《あっけ》なく達する。断続的に放出されたのはごく薄《うす》い蜜《みつ》だ。

しかし絶頂の余韻《よいん》に浸《ひた》ることはできなかった。内部からの執拗な愛撫が続いていたからだ。

「は、ぁん！　も、だめ、だめ……！」

腰をくねらせながらすすり泣くと、わが物顔で穂高の中を愛撫していた指が、全《すべ》てまとめて引き抜かれた。あぁ、と掠れた嬌声《きょうせい》が漏《も》れる。

抱えられていた腰を下ろされ、続けて脚も下ろされた。

体勢は楽になったものの、颯に思う様愛撫されていた内部は熱く疼《うず》いたままだ。それだけならまだ我慢できたが、失った指を恋《こい》しがるように激しく収縮し、いやらしく蠢《うごめ》くのには耐《た》え切れない。

足指の先で布団をかき乱し、腰を揺らす。が、どちらの動きも内部の淫らな蠕動《ぜんどう》を止めてはくれない。無意識のうちにぽろぽろと涙がこぼれた。

「や……、止ま、止まんない……！」

「泣くな。今、指よりええもんをやるから」

ひどく優しくて甘いのに、同じくらい凶悪《きょうあく》な響きをもった低い声が聞こえたかと思うと、再び脚を抱え上げられた。やや乱暴な仕種《しぐさ》にすら感じてしまって嬌声をあげると同時に、蠢くそこに熱いものがあてがわれる。

颯さんのだ、と思った次の瞬間《しゅんかん》、それは強い力で一息に貫《つらぬ》いてきた。

「あぁ——……！」

指とは比べものにならない大きな熱の塊《かたまり》に体を押し開かれ、長く尾《お》を引く嬌声があふれ出る。

奥深い場所に颯がいるのを感じて、泣き声とも嬌声ともつかない声を漏らしてしまう。

「全部、入ったぞ」

興奮に掠れた低い声が聞こえてきて、穂高はきつく閉じていた瞼《まぶた》をうっすらと上げた。

見上げた先には、引き締まった上半身を露《あら》わにした颯がいた。張り詰めた小麦色の肌《はだ》は上気し、汗《あせ》に濡れている。野性味あふれる精悍《せいかん》な面立《おもだ》ちには、やはり凶暴《きょうぼう》な笑《え》みが浮《う》かんでいた。

見え隠《かく》れする尖《とが》った犬歯がひどく淫蕩《いんとう》に映る。

そして何よりも目を奪《うば》われたのは琥珀色《こはくいろ》の瞳《ひとみ》だった。燃え盛る炎《ほのお》のように、強く明るく輝《かがや》いている。

快感で痺《しび》れたようになっていた思考より先に、体が反応した。颯の形に拡《ひろ》げられた場所が艶《なま》めかしく収縮し、愛《いと》しい熱の塊を愛撫する。

「あっ、ぁん」

「穂高……！」

感極《かんきわ》まったように呼ばれると同時に、颯が動き出した。

ぎりぎりまで引いたかと思うと、次の瞬間には奥深くまで貫いてくる。また浅い場所まで引き抜《ぬ》かれ、しかし出て行ってしまうことはせず、すぐに穂高の体を強い力で押し開く。そうして颯が動く度《たび》、聞くに堪《た》えない淫らな水音が一際《ひときわ》大きく辺りに響く。

既《すで》に蕩けきっていた内壁を、太く長く硬《かた》いもので幾度《いくど》も幾度も擦られ、穂高はひっきりなしに嬌声をあげた。指で何度も愛撫された感じる場所を、突《つ》き上げられるのがたまらない。初めて知る強烈な快感に、身も心も奪われる。

「あ！　は、あ、あぁ！」

「穂高、穂高……、気持ち、ええか……？」

律動を速めつつ問われ、穂高は正直に頷《うなず》いた。

「い……、きもちい……！」

「そうか。わしも、や」

情欲に濡れ滴った低い声に耳をくすぐられ、うっすらと目を開く。

激しく揺《ゆ》さぶられているために視界がぶれたが、颯の顔が見えた。

直線的な男らしい眉《まゆ》がきつく寄っている。薄く開かれた唇からは、熱く湿《しめ》った荒《あら》い息が吐《は》き出されていた。

ほんとだ、気持ちよさそう……。

「はや、颯さん……、好き、です……、好き……」

気が付けば、胸にいっぱいになった想《おも》いを口にしていた。

好き、好き、とくり返すと、律動がますます速く、激しくなる。

まともな言葉を言えなくなって、ただ甘く蕩けた嬌声をあげると同時に、体内を占拠《せんきょ》していた熱が弾《はじ》けた。いつのまにか高ぶっていた己の劣情《れつじょう》も、かろうじて薄い液を吐き出す。

「あぁ……！」

迸《ほとばし》った大量のものに中を満たされる感触《かんしょく》に耐えきれず、穂高はほとんど力の入らない腰《こし》を揺すってしまった。

凄《すご》く気持ちいい。それに、凄く嬉《うれ》しい。

く、と颯が喉《のど》を鳴らす音が聞こえる。

「わしも、好きや……。好きや、穂高」

熱っぽい告白を耳に注ぎ込まれ、穂高は歓喜《かんき》のあまり震《ふる》えた。

「おもち、おもち！」

「おもち、うれしい！」

興奮を隠しきれずに声をあげたマメとクリに、しー、と薫が人差し指を立てる。

杯《さかずき》の酒に少しだけ口をつけたところだった穂高は、思わず笑った。

場所は祖父母の家の、庭に面した畳《たたみ》の部屋だ。上座に颯と穂高が並んで座り、両脇《りょうわき》に太郎と薫がそれぞれ座っている。クリとマメは薫の隣《となり》に並んでいた。

颯と穂高と太郎、薫の前には立派な漆《うるし》の膳《ぜん》が置いてあり、餅《もち》をはじめ、吸い物や焼いた川魚などの料理や酒が並んでいる。餅以外は太郎と薫が用意してくれた。クリとマメの前には小さな盆《ぼん》が並べられ、そこに餅が置かれている。

颯はいつもの漆黒《しっこく》の着物ではなく羽織袴《はかま》を身につけていた。穂高は純白の着物に綿帽子という花嫁《はなよめ》衣装である。絶対似合わないからと辞退しようとしたが、颯がひどく残念そうな顔をしたので、結局薫に着付けてもらった。

そう、これは祝言《しゅうげん》の席なのだ。いわゆる三三九度の最後の杯を、颯から受け取ったところである。

穂高は颯に杯を差し出した。無言で頷いた颯は杯を受け取り、残っていた酒を一気に飲み干す。

薫と太郎はさも嬉しそうにニコニコと笑みを浮かべ、穂高と颯の様子を見守っている。

颯が杯を置いたのを見届けた穂高は、クリちゃん、マメちゃん、と声をかけた。

「お餅、食べていいよ。一昨日《おととい》は僕のせいで食べられなくてごめんね」

頭を下げると、二羽《わ》はぷるぷると首を横に振《ふ》った。

「ほだかさまは、なんもわるいことない」

「そや、ほだかさまは、ひとつもわるいことない」

蜈蚣《むかで》の礼を言ったときも、クリとマメはぷるぷると首を横に振った。ほだかさまがぶじで、よかった、と笑ってくれた。

水に浸しすぎてだめになっているかと思った餅米だったが、なんと浸す前の状態に戻《もど》ってい
た。颯が力を使って元に戻してくれたらしい。おかげで改めて餅米を水に浸して一晩置き、昨
日、餅つきをすることができたのだ。煙草《たばこ》のポイ捨てが原因で焼けた木々も、颯が黒い獣《けもの》と戦
ったときに倒れた木々も、元の状態に戻してくれた。

いろんなことができるんですね、と感心すると、颯は苦笑《くしょう》した。

わしも自分がこんなにいろいろできるとは知らんかった。たぶん、おまえが望んだことやか
らやろう。

「颯さん、もう食事してもいいですよね？」

「ああ、かまわん」

颯が穏《おだ》やかに応じると、クリとマメは嬉しげにキャッキャと笑った。いただきます、と声をそろえ、早速餅を啄《ついば》み始める。

おいしい！　おいしい！　と口々に囀《さえず》る二羽に笑った颯は、羽織袴を身につけた薫と太郎にも視線を向けた。

「今日は世話になったな」

「いえ、とんでもないことです。おめでとうございます、主様、穂高様」

「おめでとうございます」

深々と頭を下げた二人に、颯はうんと頷く。

穂高はといえば、ありがとうございますと答えた。頬《ほお》が熱いのは、改めて祝われると恥《は》ずかしいからだ。目を細めて花嫁姿を見つめてくる颯の嬉しそうな視線も恥ずかしい。

一昨日、何度も激しく愛された後、穂高は意識を失った。気が付いたときには颯の胸に抱《だ》き込まれて横になっていた。あちこちに甘い痺れは残っていたものの痛みはなかった。それに体はさっぱりと乾《かわ》いていて、颯が清めてくれたことがわかった。ありがとうございますと礼を言って、穂高は颯の胸に額を押しつけた。

僕、颯さんが好きです。でも、ここでは暮らせません。やりたいことがあるから。

穂高の髪《かみ》をくり返し撫《な》でながら、ああ、と颯は思いの外素直《すなお》に頷いた。

わかっとる。おまえが街で暮らしてるときは、わしがおまえの元に通おう。

穂高は驚《おどろ》いて颯を見上げた。

通うって……、そんなことできるんですか？

見下ろしてきた琥珀色の瞳は、慈《いつく》しみと優《やさ》しさを映して柔《やわ》らかく光っていた。

今のわしは、おまえがいる場所やったらどこでも行ける。せやからわしが通う。そのかわり、休みのときはここへ帰ってこいよ。太郎と薫はともかく、マメとクリにはさすがに通うんは無理やさかいな。

はい……。帰ります。帰ってきます。ありがとうございます、颯さん。

嬉しくてたまらなくて、穂高は颯の首筋にしがみついた。

颯はしっかりと受け止め、強く抱きしめてくれた。

そうして二人、顔を寄せ合いながら祝言をあげることを話し合ったのだ。

昨日、見つけてくれた礼を言いに祖父母の墓へ参ったとき、一緒《いっしょ》に来てくれた颯がおまえの二親を呼ぼうと言い出したのには驚いた。おまえの親には挨拶《あいさつ》をしておきたい。そう真面目《まじめ》な顔で言った颯は、耳を触《さわ》ったら婚姻《こんいん》という乱暴な決め事を実行しようとしていたとは思えない変貌《へんぼう》ぶりだった。

僕を好きになってくれたからか。それとも他《ほか》に何か理由があるのか。

わからなかったけれど、嬉しかった。

でも、父さんと母さんは仕事で忙《いそが》しいし、いろいろかなりびっくりするだろうから、断ったんだけど。

いずれきちんと説明するつもりでいるが、父も母も最終的には納得《なっとく》してくれる気がした。

山のお祖父《じい》ちゃんちに行くのなんて年に二回か三回なのに、あんたはほんとにお祖父ちゃんお祖母《ばあ》ちゃんっこよねえ、と母にしみじみ言われたことがある。私もお父さんもろくに構ってやれなかったのに、まっとうすぎるぐらいまっとうに育ったのは、お祖父ちゃんとお祖母ちゃんと、それに山神様のおかげだね。

「ああ、久しぶりの餅は旨《うま》い」

「ほんまやな」

食事を始めた太郎と薫が嬉しげに言葉をかわす。二人とも一番に箸《はし》をつけたのは餅だ。

同じく餅を頬張《ほおば》った颯の口許《くちもと》が白く汚《よご》れたのに気付いて、穂高は手を伸《の》ばした。指先で軽く唇《くちびる》の端《はし》を拭《ぬぐ》う。

颯は瞬《まばた》きをしてこちらを見た後、愛《いと》しさが滲《にじ》む笑《え》みを浮《う》かべた。

う。凄い嬉しいけど、恥ずかしい。

ただでさえ羽織袴姿の颯は、いつもよりかっこよく見えるのだ。

赤くなった頬を見られたくなくて慌《あわ》ててうつむくと、うふ、と笑う声が聞こえる。

「ほだかさまとぬしさま、なかよし！」

「なかよしは、ええこと！」

マメとクリの囀りに、薫と太郎も笑って頷《うなず》く。

「ほんまにええことやな」

「わしらもお二人が仲良しで嬉しいぞ」

照れくさくて再びうつむいたそのとき、やあやあやあ！　と明るい声が聞こえてきた。

「賑《にぎ》やかですなあ！」

庭先から姿を見せたのは、白いシャツに紺《こん》のスラックスという地味な格好の留吉だ。

「ときめきち！」

「なにしにきた！」

クリとマメが鋭《するど》い声をあげる。

思い切り顔をしかめた太郎と薫が立ち上がろうとするのを、颯が手で制した。

太郎と薫が渋々《しぶしぶ》ながらも腰を下ろしたのを確かめた留吉は、悪びれる様子もなく縁側《えんがわ》に上がってくる。そしてきちんと正座をし、頭を下げた。

「主様、穂高様、本日はおめでとうございます」

「あ、ありがとうございます」

穂高は思わず頭を下げ返した。

しかし颯は留吉を見もせずに素っ気なく言う。

「餅の匂《にお》いを嗅《か》ぎつけたか。言うとくが、おまえの分はないぞ」

「いえ、そんな、餅をいただこうなんて滅相《めっそう》もない。先日はご迷惑《めいわく》をおかけして、ほんまに申し訳ありませんでした。お許しいただけるんでしたら、せめてひとことだけでもお祝いを申し上げようと思いまして」

へこへこと頭を下げる留吉からは、香水《こうすい》の匂いがしなかった。

ああ、もう偽《いつわ》らなくてよくなったんだ。

力を失った現実は、まだ受け入れられていないかもしれない。しかしそれでも前向きに生きていこうとしているのだろう。

「あの、お餅、まだありますから。留吉さんも食べませんか？」

思わず声をかけると、太郎、薫、クリ、マメの視線が一斉《いっせい》に集まってきた。

甘やかしたらあきません、と全員に目で非難される。

「留吉さんも反省してるみたいだし……。だめですか？」

颯に向かって尋《たず》ねると、彼はふと笑みを浮かべた。柔らかな視線で穂高をくすぐった後、首をすくめて成り行きを見守っていた留吉に向き直る。

「わしの優しいて強い伴侶《はんりょ》がこう言うてるさかいな。食わしたってもええ。ただし」

パッと顔を輝《かがや》かせた留吉を、颯はじろりとにらみつけた。

「高砂《たかさご》を一指し舞《ま》え。餅《もち》を食わすんはそれからや」

「は、はいっ！　喜んで！」

嬉々《きき》として返事をした留吉は、早速《さっそく》立ち上がった。

薫と太郎とクリとマメは不満そうにしながらも、ため息を落とす。主様と穂高様がええておっしゃるんやったら仕方ない、と思ったようだ。

穂高と颯の前に正座した留吉は深く頭を下げた。再びおもむろに立ち上がり、自ら謡《うた》いながら舞い始める。

高砂や、この浦舟《うらぶね》に帆《ほ》を上げて、この浦舟に帆を上げて。

わしの優しいて強い伴侶、という颯の言葉に耳まで赤くなっていた穂高は、夫婦《ふうふ》愛と長寿《ちょうじゅ》を愛《め》で、人の世を言祝《ことほ》ぐ謡《うたい》に聞き入った。

穂高は人で、颯は神だ。これから先、想像もできないような大変なこともあるだろう。

けれど、好きな人と一緒なら乗り越《こ》えられる。

そしてきっと、否《いや》、必ず幸せになれる。

【終わり】

山神様の新婚生活

「え、見崎《みさき》、来れないのか？」

サークルの部長である男の問いに、はい、と穂高《ほだか》は頷いた。

「すみません、今日は約束があるんです」

「そうなのか。せっかく久しぶりの飲み会なのに」

残念そうな部長に、すみません、ともう一度頭を下げる。

時刻は午後五時半。十二月も後半にさしかかったせいだろう、風は凍《こご》えるように冷たく、辺りは既《すで》に夜の暗さだ。

上下関係も活動そのものも緩《ゆる》い野外活動サークルだが、一応月に一度はミーティングがある。とはいっても雑談がほとんどで、各々《おのおの》が休みの予定だのバイトの愚痴《ぐち》だのを披露《ひろう》して時間がすぎていく。今日も、明日《あした》は土曜だし忘年会《ぼうねんかい》も兼《か》ねて飲みに行きますか、という話になったのだが。

だめですよ部長、と割って入ってきたのは同級生の男だ。

「見崎はカノジョと約束があるんですよ」

「いいよなあ、ラブラブで」

「や、あの、ラブラブってわけじゃ……」

顔を赤くしながら否定しても説得力がなかったらしく、他《ほか》の仲間たちからもひやかしが飛んでくる。

「今更《いまさら》照れんなって！　この前の飲み会もカノジョが来てるからって途中《とちゅう》で帰っただろ」

「そうそう、今から帰りますってスマホに連絡《れんらく》入れてるの見たし」

「早速尻《しり》に敷《し》かれてんのか？　それともカノジョが心配性《しんぱいしょう》なのか？」

農学部はもともと男子学生が多いこともあり、サークルも男ばかりだ。女子学生がいないせいか遠慮《えんりょ》がない。

穂高は苦笑《くしょう》して首を横に振《ふ》った。

「心配性ってわけじゃないんだけど、ちょっと遠距離《えんきょり》だから」

「そうなんだ。どこで知り合ったんだよ。ネットとか？」

「いや、父方の実家の近所」

「おお、なんだそれ、逆に新しい！」

興味津々の仲間たちの向こうにいた部長が、はいはい！　と割って入ってきた。

「見崎が困ってるだろ、その辺にしとけ。店に移動するぞ」

部長の言葉に、はーい、と一同はおとなしく返事をした。止めていた足を動かし、そろって正門に向かう。

「うちの祖父《じい》ちゃんちの近所って、年寄りばっかだよ」

「うちも。同い年ぐらいの女の子なんか一人もいねぇし」

「いても進学とか就職で都会に出てるしな」

傍《かたわ》らでかわされた何気ない会話に、どこも同じなんだなと思う。Uターン就職やIターン就農する若者がいるといっても、全体から見ればごくわずかだ。こうした話を聞く度《たび》、身が引き締《し》まる思いがする。

恐《おそ》らくそこにいるだろう神様がいなくなってしまわないうちに、なんとかしたい。

そのために、今自分ができること——大学の講義はサボらずきちんと受け、ゼミのフィールドワークに参加する——を精一杯《せいいっぱい》やっている。

「それじゃあ、お疲《つか》れ様でした」

門を出たところで頭を下げると、おー、またなー、と全員が手を振って応じてくれた。

左へ歩き出した彼らとは反対に、右へと足を向ける。

しばらく歩いて角を曲がったところで、穂高、と呼ばれた。

少し先に、体格の良い長身の男が立っている。黒いロングコートが厭味《いやみ》なく似合う彼を見つけた途端《とたん》、胸の奥でパッと歓喜《かんき》の塊《かたまり》が爆発《ばくはつ》した。寒さが一気に消し飛ぶ。

「颯《はやて》さん!」

穂高は一目散に駆《か》け寄った。本当は抱《だ》きつきたかったが、外だったので我慢《がまん》する。

その我慢を見抜《みぬ》いたように、颯はわしわしと頭を撫《な》でてくれた。

「おまえに犬に間違《まちが》えられたこともあったけど、おまえの方が犬みたいやな」

からかう物言いに、穂高は赤面した。

「だって久しぶりだから。元気でしたか？　皆《みんな》は変わりありませんか？」

「ああ。皆元気や」

「よかった」

ほっと息をつくと、また頭を撫でられた。

「おまえも元気そうやな。勉強は捗《はかど》ってるか」

「はい、なんとかがんばってます」

「そうか。あんまり無理するなよ」

見下ろしてくる琥珀色《こはくいろ》の瞳《ひとみ》は、優《やさ》しく甘い熱を滲《にじ》ませている。

僕の山神様は、やっぱりきれいだ……。

夏休みに祝言《しゅうげん》をあげてから約三ヶ月。会うのはこれで六回目だ。

通うと言ってもらったものの、本当に来てくれるかどうか——そもそも、遠く離《はな》れた場所に来るだけの力が颯にあるのかどうか不安だった。しかし颯は半人半獣《はんじんじゅう》の姿になることもなく、完全な人の形で訪ねてきてくれた。両親が共に出張で不在となる日の前日、大学から帰ってくると、黒いTシャツに綿のパンツという格好の颯が玄関《げんかん》の前に立っていたのだ。ぽかんと口を開いた後、嬉《うれ》しさのあまり飛びついたのは言うまでもない。

以来、どういう仕組みになっているのかはわからないが、いつ頃《ごろ》行くとスマホに連絡が入るようになった。だいたい月に二回のペースで会っている。

「寒くなりましたね。山はもう雪ですか？」

並んで歩き出しながら言うと、ああと颯は頷《うなず》いた。腕《うで》が触《ふ》れ合う距離《きょり》が嬉しい。

「昨日から少しずつ積もってきた」

「そうなんだ。お正月は無理だけど、二月には行きますね」

「待ってるぞ。皆も喜ぶ。特にクリとマメは寂《さび》しがってるさかいな」

先月のはじめ、カジュアルな服装の薫《かおる》と太郎《たろう》、そして五歳ぐらいの可愛《かわい》らしい男の子二人が、颯と共にやってきた。ほだかさま！　ほだかさま！　と口々に呼んでぎゅうと脚《あし》にしがみついてきた男の子二人は、なんとクリとマメだった。驚《おどろ》く穂高に、颯は笑った。

クリもマメも、今まで人の形をとったことはなかったんやけどな。あんまりおまえに会いたい会いたい言うさかい、ためしにやってみたらできたんや。

穂高と祝言をあげ、かなり力を取り戻《もど》した颯だが、力の質は以前と少し違《ちが》うようだ。颯自身もそのことを自覚しているらしい。

しかし少しも気にする様子はない。むしろ誇《ほこ》らしげだ。

おまえに関することやと、前にできんかったことでも大概《たいがい》のことはできるんや。

穂高は颯をそっと見上げた。精悍《せいかん》な横顔は、街中にあっても猛々《たけだけ》しさを失わない。己《おのれ》の縄張《なわば》り以外の場所で自由に行動できるのも穂高のおかげだと颯は言った。

颯は想像以上に人の世界に馴染《なじ》みながら、神としての力を保持している。

それが良いことなのか悪いことなのか、穂高にはわからない。

しかし、これがわしら夫婦《ふうふ》の形や、となんでもないことのように颯に言われて、そうなんだ、と納得《なっとく》してしまった。

穂高の視線に気付いたらしく、颯は熱を帯びた眼差《まなざ》しで見下ろしてくる。

「今日はホテルに部屋をとってある。親には言うてきたか」

頬《ほお》が熱くなるのがわかって、慌《あわ》てて顔を伏《ふ》せる。

「はい、あの、外泊《がいはく》するって言ってきましたから大丈夫《だいじょうぶ》です」

もともと穂高の自主性に任せて信頼《しんらい》してくれている両親は、詳《くわ》しいことは聞いてこない。

颯がこちらへ来るときに泊《と》まるホテルは決まって、平凡《へいぼん》な大学生の穂高には縁《えん》のない一流ホテルだ。金塊《きんかい》を出せるぐらいだから金銭的には問題ないのだろうが、きちんと予約をしているのには驚いた。恐らく留吉《とめきち》がレクチャーしているのだろう。

「おまえとこうやって並んで歩くんもええが、今はまどろっこしいな」

つぶやいた颯は、いきなり穂高を横抱きにした。

「うわっ、ちょ、颯さ……！」

びゅ！　と強い風が吹《ふ》いて、思わずきつく目を閉じる。

柔《やわ》らかなものに横たえられ、恐る恐る瞼《まぶた》を持ち上げると、そこは大きなベッドの上だった。

落ち着いた色調の広い部屋は、どうやらホテルの一室らしい。

唐突《とうとつ》な移動に目を白黒させていると、コートを着たままの颯がのしかかってきた。

「ああ、やっとおまえに触れられる」

低く掠《かす》れた声で囁《ささや》いた颯の手が、ゆっくりと頬を撫でる。

じんと胸の奥が熱くなった。颯の手に自分の手を重ね、自ら頬を寄せる。

「会いたかったです」

「わしもや。会いたかった」

真摯《しんし》に応じた唇《くちびる》が、唇に重なる。浅いキスはすぐに舌をからませ合う深いものへと変わった。

颯の首筋に腕をまわし、久々の口づけを陶然《とうぜん》と味わう。

明日《あした》は、颯さんのためにおむすびを握《にぎ》ろう。

その前に、始まったばかりの夜をたっぷりと堪能《たんのう》するのだ。


【終わり】

# あとがき

お楽しみいただけましたでしょうか。

お楽しみいただけたなら、幸いです。

本書は和風のファンタジーです。しかしわたくし久我、正直に告白しますと、ファンタジーという言葉を聞いて真っ先に思い浮《う》かぶのが、有名な炭酸飲料「ファ●タ」を飲む爺《じい》さんという、けっこうなファンタジー音痴《おんち》でございます……。それ故《ゆえ》、随所《ずいしょ》に不備があるかと思いますが、どうかご容赦《ようしゃ》くださいませ。

男前でぶっきらぼうな攻《せめ》とちょっとオカンの入った健気受というカップルは、ボーイズラブの王道を行ったつもりです。なおかつ、攻は私にとって初めてのケモミミキャラです。こちらもやはり王道中の王道のつもりで書かせていただきました。

でも、ちょっとオカンが入ってる時点で、受は王道じゃないのか……。

それにせっかくのケモミミなのに、ほとんどもふもふしてない……。

しかも王道まっしぐらの嫁《よめ》物語を書いたつもりが、最終的に嫁入り婚《こん》じゃなくて婿《むこい》入り婚みたいになってる……。

以上の点を踏《ふ》まえると、だいたいまあまあ王道、ぐらいになってしまったかもしれません。

ともあれ、ラブラブであまあまなことだけは間違《まちが》いない本作、読んでくださった方に少しでも気に入っていただけるよう祈《いの》っています。

最後になりましたが、本書に携《たずさ》わってくださった全ての皆様《みなさま》に感謝申し上げます。

編集部の皆様、ありがとうございました。特に担当様にはたいへんお世話になりました。いろいろとご面倒《めんどう》をおかけして申し訳ありませんでした。心よりお礼申し上げます。

金《かね》ひかる先生。お忙《いそが》しい中、挿絵《さしえ》を引き受けてくださり、ありがとうございました。穂高《ほだか》を可愛《かわい》らしく、颯《はやて》を野性味あふれる男前に描《か》いていただけて、とても嬉《うれ》しかったです。脇役《わきやく》たちもイメージ通りでめろめろになりました。

支えてくれた家族。いつもありがとう。

そして、この本を手にとってくださった皆様。貴重なお時間をさいて読んでくださり、ありがとうございました。もしよろしければ、ひとことだけでもご感想をちょうだいできると嬉しいです。

それでは皆様、お元気で。

二〇一六年二月　久我有加

山神様《やまがみさま》のお嫁《よめ》さま
久我有加《くがありか》

角川ルビー文庫　R181-2　19693

平成28年4月1日　初版発行

発行者———三坂泰二
発　行———株式会社KADOKAWA
〒102-8177　東京都千代田区富士見2-13-3
電話 0570-002-301（カスタマーサポート・ナビダイヤル）
受付時間 9:00〜17:00（土日 祝日 年末年始を除く）
http://www.kadokawa.co.jp/
印刷所———旭印刷　製本所———BBC
装幀者———鈴木洋介



ISBN978-4-04-104184-0　C0193　定価はカバーに明記してあります。